KB144091

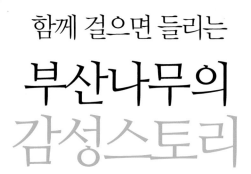

함께 걸으면 들리는

부산나무의
감성스토리

여호근 지음

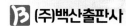
(주)백산출판사

보호수의 감성, 사람을 일깨우다

　이 지구상에서 가장 필요한 생물이 무엇이냐고 묻는다면 단연 '나무'라고 말하고 싶다. 그만큼 나무는 물과 함께 지구상의 모든 생물에게 삶의 터전이 되어주기 때문이다. 우리 인간에게 가장 중요한 산소를 공급해 주고, 종류에 따라 다르지만 맛난 열매를 주거나 땔감이나 가구, 종이를 사용케 하는 등 생활의 필수품목이 나무다. 뿐인가, 그늘이 되어 뜨거운 햇볕을 가려주고 계절마다 다른 색깔로 사람들 가슴속의 서정성을 북돋아준다.

　이번에 동의대 여호근 교수가 그러한 나무의 중요성을 인식하고 오랜 세월 우리 인간과 지구를 위해 살아온 나무 중, 부산의 나무(천연기념물과 보호수)들을 취재, 탐문하여 《부산나무의 감성스토리》를 준비하였다. 중년 이후의 독자들은 어릴 때 고향마을의 큰 나무들을 기억하는 분들이 많을 것이다. 그 나뭇등걸을 타고 동무들과 어울려 놀거나, 나무 아래 평상을 펴고 어르신들은 바둑과 장기를 두었고, 마을잔치도 벌였으며 뜨거운 여름 동구를 드나들며 쉬어가는 등 큰 나무의 존재는 우리에게 아주 요긴한 생활의 공간이자 수호신 역할을 했다. 그만큼 나무는 사람과 함께 나이테의 두께를 넓히며 온 마음을 다해 살아왔다. 사람도 연세 드신 어른을 공경하듯이 나무도 오랜 역사를 지닌 노거수(보호수)를 찾아 공경하는 마음으로 기억하는 것은 어쩌면 당연지사다.

그러한 보호수들을 여호근 교수는 발품을 팔아 사진을 모으고 모든 나무마다 그 특성을 정리하였다. 부산 13개 구에 있는 이백삼십여섯 그루의 보호수와 네 그루의 천연기념물까지 탐문하여 나무와 함께 살아가는 그 마을의 스토리를 감성적으로 엮어냈다는 사실이 그저 놀라울 뿐이다.

무엇보다 이 책을 통해 부산의 독자들이 나무의 중요성을 다시 한번 일깨우는 계기가 되기를 바라며 여호근 교수의 열정에 박수를 보내는 바이다.

조창용(시인, 부산시인협회 이사장)

그래서 ······

인간이 자연을 그리워한다고 했던가.

우리는 '아낌없이 주는 나무'를 가까이에 두고서 그저 무관심하다.

자신의 삶에 바쁜 나머지 아무도 관심을 두지 않는다.

어느 날 사하구 괴정동 '회화나무'에게서 느낌을 받고(2011년),

나무의 내재된 가치를 얼핏 보던 중(2012년),

숨은 이야기와 수관(樹冠)에 심취하여 글을 적다가(2013~14년)

새로운 큰 힘을 만나게 된다...

부산일보 이슈팀[1], '나무야 놀자'(2015년)

하지만, 고향이 그리워진다.

기억 속의 아련한 추억이 있듯이

새벽잠을 설치다가

'부산나무의 감성스토리' 코스를 엮어서(2016년)

즐거운 마음으로

날 닮은 저 나무에게

내 마음 전하러 가련다.

2018년 가을
여호근

---

1) 당시 부산일보 이슈팀은 손영신 팀장과 이호진 기자, 이자영 기자, 김한수 기자와 부산그린트러스트 이성근 상임이사가 함께했다.

목차

18. 해운대구(2)_현대의 뜰

19. 나무스토리_새로운 만남

함께 걸으면 들리는 부산나무의 감성스토리

천연기념물
- 위대한 선물

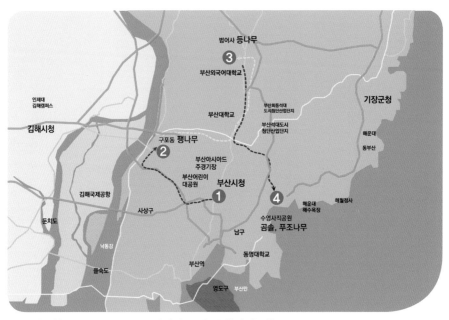

① 화지공원 → ② 구포동 → ③ 범어사 → ④ 수영사적공원

800년 수령의 화지공원 배롱나무

• **위치** : 부산 부산진구 양정1동 산73-28번지(동평로 335)

화지공원, 배롱나무
천연기념물 168호

800년의 세월이 뿌리에 오롯이 배어서
동래 정씨의 2대 선조께서 선의를 베푸시니
바로 이곳을 화지공원이라 일컫거늘
좌청룡(左靑龍) 우백호(右白虎), 이곳이 아니던가?

동래 정씨 집안에서 수많은 급제자가 배출되니
바로 명당(明堂)이 따로 없구나.

이러한 곳인지라 지나가는 사람들이
잠시라도 느끼도록
'하마비(下馬碑)'를 설치하여
말에서 내려서 경건하게 지나도록 하였으니
그래서 '하마정(下馬停)'이구나.

수관(樹冠)이 너무도 빼어나서
이곳저곳 정원마다 없지를 않다.

여름의 시작부터 백일동안 꽃을 피우니
백일홍(배롱나무)이라고 불러다오.
백일홍 꽃이 피는 동안

처삼촌 집에도 가지 마라 하였는데
그때를 '보릿고개'라고 불렀단다.

단아하면서도 화려하지 아니하고
예쁘면서도 가볍지 아니하니
자손만대(子孫萬代)로 평화로운 빛으로 보답하리.

두 그루가 마주보고 정답게 손짓하니
바로 발 아래에 그 기운 듬뿍 받아
넓은 터를 잡았으니 좌고우면(左顧右眄)하지 않고
즐거운 마음으로 시민들이 즐겨 찾아 기쁨을 함께하니
'부산시민공원'이라 부르련다.
화지공원 배롱나무의 숨결이
800년을 지켜오고 끊임없이 이어져서
평화와 넉넉함의 상징이 되고 있으니

화지공원 배롱나무의 말없는 베풂을
어찌 태평양과 견주리?

구포동, 팽나무

천연기념물 309호

장수나무,

여기 이식하고

많은 관심 가졌건만

그냥 저렇게 ‥‥‥

고사목이 되는 구포동 팽나무

새잎이 자라기를 학수고대(鶴首苦待)하면서

• **위치 :** 부산 북구 구포동 1206-31(팽나무로 30번길 11)

갈등(葛藤)의 유래 - 등나무

범어사, 등나무군락
천연기념물 176호

얼기설기 얽혀서
무리를 이루어 꽃 피워내니
너나 할 것 없이 멋있다고 칭찬이다.
하지만 칡넝쿨을 만나면
갈등(葛藤)의 출발이다.

보랏빛 향기를 뿌리는 듯한
등나무 꽃

'해송(海松)'이라고도 부르는 수영사적공원의 곰솔

함께 걸으면 들리는 **부산나무의 감성스토리**

수영사적공원, 곰솔

천연기념물 270호

바닷바람 막으려고 한·두 그루 심었는데
세월이 지나면서 공원 여기저기에 곰솔 밭을 이루었네.

'송씨할매'의 애틋한 얘기도 곰솔 아래에서
강인하면서 내심 부드러운 성질 탓에
오랜 세월 지내오고 있으며

안용복 장군도 왜구를 물리치고
이곳에 터를 잡으시니
오호쾌재라.

왜구에 맞서서 장렬하게 운명하신 "25 의용사(義勇士)"[2]의
위패를 모셔두고 봄과 가을에 봉행하여 충절을 기리도다.
이곳이 바로 충절의 고장이라,
의로운 넋이 서려 있다.

---

2) 부산시 수영구 수영동에 위치하고 있는 좌수영성(左水營城)에서 왜군에 저항한 25인을 기리는 제단이
   있는 부산광역시 기념물 제12호 "25 의용단"에 있음.

수영야류[3], 좌수영어방놀이[4]를

여기서 재현하니, 그 느낌이 너무 좋아서

민속보전회가 전승을 위해 모든 노력을 다하니

곰솔도 마냥 신나서

여길 오가는 사람들의 안녕을 위하여

쉼터를 내어주고 있구나.

수영사적공원 남문에 위치하고 있는

네 모습이 그리워서

가끔씩 찾아가면

닳고 닳은 겉모습에

본모습을 알아보기 쉽지가 않구나.

이곳저곳 다녀보니

어르신네 모여앉아

소일거리 즐기신다.

알파고(Alphago)야 저리 가라

우리들이 여기 있다.

따사로운 햇볕 덕에

옹기종기 다시 모여 인생을 논하세

바둑과 장기를 두면서 · · · · · ·

---

3) 수영동에 전해오는 탈놀음, 국가무형문화재 제3호.
4) 동래에서 전승되는 어업의 작업과정과 노동요를 놀이화한 것으로 수영사적공원에서 전승되고
   있으며, 국가무형문화재 제62호.

태평성대(太平聖代) 따로 없다

인산인해 이루어서 많은 사람이 웃고 웃으니

더없이 즐겁구나!

전국 제일의 '수영팔도시장'의 활기처럼 ······

• **위치 :** 부산 수영구 수영동 229-1(수영성로 43)

500여 년의 삶이 배어 있는 듯한
수영사적공원 푸조나무

함께 걸으면 들리는 **부산나무의 감성스토리**

수영사적공원내, 푸조나무

천연기념물 311호

이순신 장군이 할배, 할매로 변해서

우리를 맞이한다.

삶의 모습이 고스란히 서려 있다.

그래서 가슴이 굵고 울퉁불퉁하다.

ㅋ ～

땅에 닿을 듯이 가지들이 드리워져 있다.

• **위치** : 부산 수영구 수영동 271
(수영성로 43)

한께 걸으면 들리는 부산나무의 감성스토리

강서구
- 자연을 벗 삼아

① 산양마을 → ② 산양사 → ③ 렛츠런파크 → ④ 금호마을

함께 걸으면 들리는 **부산나무의 감성스토리**

'나무의 황제'[5]라고 불리는 녹산동, 산양마을 느티나무
-봉황을 닮은 외관

5) 느티나무는 나뭇결이 곱고 윤이 나며, 썩거나 벌레가 먹는 일이 적고, 건조할 때 갈라지거나 비틀어짐
이 적을 뿐만 아니라 단단하여 나무가 가진 모든 장점을 지니고 있다고 하여 붙여진 이름.

녹산동, 산양마을

느티나무

내가 당신을 바라보면
간절한 손끝이 느껴진다.
바로 저 산 너머 찰랑찰랑 물결 위로
사뿐사뿐 고운 발걸음을 내딛는
인도 아유타[6]의 흔적이 휘-익 묻어난다.

봉황새를 닮은 외양이
금관가야의 시작을 먼발치서
묵묵히 바라보고 있는 듯하다.

당신은 참으로
따뜻한 손을 내밀고 있다.
그래서 사랑스럽고
못내 소중하다.

오랜 세월이 지나고 또 지나면서
당신 앞에 펼쳐진 모습은
너무나도 도시적이고 현대적이다.

---

6) 아유타(인도 고대국가인 아유타국) 공주 허황후가 가락국 김수로왕의 왕비가 되었다고 함(삼국유사).

그래서 당신은 더 포근하다.

이제는 망산도(望山島)[7]와

유주암(維舟巖)[8]이 귓속말로 소곤소곤 반기며

이천년의 손짓을

무럭무럭 피우면서 예스러움을 더해 준다.

웅장하지만 편안한 녹산동의 산양마을 느티나무

수종 느티나무
수령 336년(2018년 기준)
위치 강서구 녹산동 1091
높이 12m
나무 둘레 8m
보호수 지정연도 1982년 11월 10일

---

7) 망산도 : 부산 강서구 송정동에 있는 섬.
8) 유주암 : 망산도에서 동북쪽으로 70m에 있는 바위섬으로, 가락국 수로왕과 혼인한 허황후(許皇后)
   일행이 타고 온 배가 변하여 바위로 변한 것으로 전해짐. 부산광역시 기념물 제57호.

속살이 다 드러난 [녹산동 산양사 팽나무 1]

함께 걸으면 들리는 **부산나무의 감성스토리**

녹산동, 산양사

팽나무 1

훤칠한 높이와 수관(樹冠),
"와아~" 하고 감탄을 자아내게 한다.

당신은 삼백여 년 동안
이곳을 지키고 있으면서
맏며느리의 마음처럼 풍성한 모습을
언제라도 보여주고 있다.

바로 당신 아래에서
너나 할 것 없이 삶을 사느라고
옛것과 새것이 교차해서
변화해왔건만 정작 당신은
그것에 동요되지 않고
아직도 굳건히 중심을 잡고 있다.

아담과 이브의 동산은 먼 곳에 있지 않고
바로 이곳이 그러한 곳이려니
남과 여가 오롯이 함께하면서
새콤달콤하고 매력적으로
정밀로 편안한 쉼터를 안겨준다.
그래서 이곳을 찾으면

몸과 맘이 싸악~

힐링이 된다.

평산스님께서 촬영한 부처님 모습이 보이는 팽나무 2

독특한 외관을 자랑하는 녹산동 산양사 팽나무 3

수종 팽나무
수령 296년(2018년 기준)
위치 강서구 녹산동 730(낙동남로 456번길 50)
높이 15m
나무 둘레 6.1m
보호수 지정연도 1982년 11월 10일

범방동, 렛츠런 파크

팽나무

당신은
아름다운 궁전 속 나지막한 언덕 위
수많은 근위병의 호위를 받으며
오롯이 있는 듯하다.

옅고 푸르른 나뭇잎 사이에서
피노키오가 금방 나타날 것처럼 신비롭다.

먼 발 아래에는
수많은 경주마가 피노키오와 친구가 되려
기수와 하나 되어
지천을 흔들면서 달리고 있다.

그래서인지 당신의 색상은 푸르면서
윤기가 반들반들 흐른다.

피노키오가 여기저기서 ₩$¥를 들고 나르자
이내 경주마들이 신나게 꼬리 춤을 춘다.

푸르디푸른 내면에는

당신을 버티고 있는 수많은 뿌리가
땅에 내려 얼기설기 펼쳐져 있다.

오늘이 지나 내일에도 당신의 뿌리는
시원하게 뻗어서 매력적인 모습으로
섬세하고 세련된 가지를 드리워
경주마와 조화로움을 더해 갈 테니
그래서 우리는
당신이 또 그리워진다.

수종 팽나무
수령 186년(2018년 기준)
위치 강서구 범방동 1833 부근
높이 13m
나무 둘레 9.7m
보호수 지정연도 1982년 11월 10일

대저동, 금호마을

소나무

높지 않지만 넓게 펼친 모습이 시원해

햇빛의 소중함이 느껴진다.

가슴이 넓은 사람이

왜 되어야 할지

이제는 알 것 같다.

당신의 모습을 보면 ······

수종 소나무 **수령** 196년
위치 강서구 대저동 3872(가락대로 929)
높이 8m **나무 둘레** 7.8m
보호수 지정연도 1982년 11월 10일

맛집 소개

1. 선창회조개구이

- 업종 : 일식(횟집), 한식(밥집)
- 전화 : 051-271-2205
- 주소 : 강서구 명지동 1532-12
- 메뉴 : 갈삼구이, 조개 샤브샤브
- 영업 : 10:00~22:00
- 주차 : 가능
- 휴무 : 매월 마지막 주 월요일

2. 인마이메모리

- 업종 : 양식(뷔페), 커피점(빵집 등)
- 전화 : 051-973-9986
- 주소 : 강서구 강동동 5119
- 메뉴 : 정식코스요리, 돈까스, 한우스테이크, 함박스테이크, 스파게티
- 영업 : 11:30~22:30
- 주차 : 가능
- 휴무 : 매주 월요일

커피전문점 소개

1. 카페 클루니(Cafe Clooney)

- 업종 : 커피점
- 전화 : 051-203-9988
- 주소 : 강서구 화전동 555-11(화전산단 6로 169)
- 메뉴 : 에스프레소, 아메리카노
- 영업 : 09:00~22:00
- 주차 : 가능

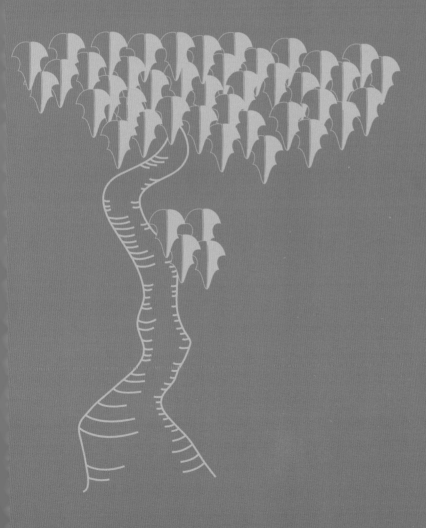

함께 걸으면 들리는 부산나무의 감성스토리

금정구
- 내면의 가치

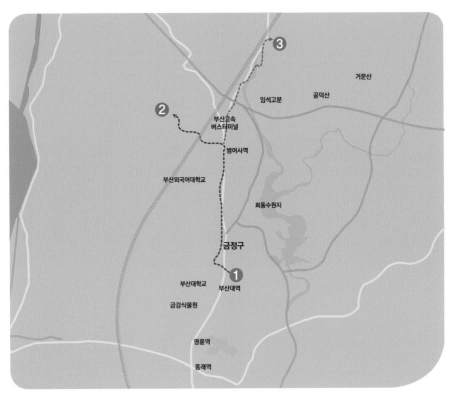

① 부곡2동주민센터 → ② 범어사 → ③ 조리마을

함께 걸으면 들리는 **부산나무의 감성스토리**

부곡2동

푸조나무

사람들의 배려가

조금 있다.

· · · · · ·

내 몸을 휘어서라도 이들에게 보답을 해야지.

인과응보(因果應報)가 중요하다고.

수종 푸조나무
수령 418년(2018년 기준)
위치 금정구 부곡2동 265-10
(부곡로 156번길 7)
높이 10m
나무 둘레 3.6m
보호수 지정연도 1982년 11월 10일

함께 걸으면 들리는 **부산나무의 감성스토리**

청룡동, 범어사

은행나무

금샘과 하나 되어
신라의 흔적을 이끼 속에 남겨두고
수많은 중생들의 탐욕(貪慾)을
자비의 미소로 반겨주면서
말없는 보시(布施)로 안아주는 모습에
새색시의 볼처럼 변하고 만다.

웅장하면서 소박하고
풍요로우면서 겸손한
당신의 생육 공간에
또 한 번 놀라움을 느낀다.

반 천년의 세월을 살아오면서
노승(老僧)과 묵언(默言)의 대화로
성불(成佛)의 진아(眞我)를 보여주련만

당신을 대하는 중생들은
오늘도 내일도 내 살기에 바쁘다.

뾰쪽뾰쪽, 파~아란 생명이 솟고 솟아

풍성한 균형미로 그늘을 드리우면서
노오란 잎에 감탄을 자아낼 즈음 서른 가마니의 결실이 자비로 다가오자
이내 마른 가지에 참새가 든다.

함께 살자고 땅벌이 당신에게 다가올 때
노승(老僧)은 놀라서 당신에게 외친다.
땅벌보다는 은행나무가 소중하여
불을 지피자 연기가 피어오른다.

이내 당신의 탐욕은 흩어지고
지금처럼 삶의 흔적을 보여주며
당신의 꾸밈없는 무의식계는
우리 앞에 더 큰 자비로움으로 다가와
귓가에 조용한 목탁소리를 · · · · · ·
시원한 계곡소리와
함께 흐르는 푸르디푸른 숲은
잠시라도 쉬어가라 손짓을 한다.

당신은 참 시원하다.
아니, 당신은 청아하다.
어쩌면 당신은 개방적이다.

그래서 우리는
지금도 당신 곁을 떠나지 못한다.
휘감겨 돌아오는
노승의 독경소리처럼
· · · · · ·

범어사를 찾는 불자들이 치성을 올리는 은행나무

수종 은행나무
수령 618년(2018년 기준)
위치 금정구 청룡동 546(범어사로 250)
높이 25m
나무 둘레 6.7m
보호수 지정연도 1980년 12월 8일

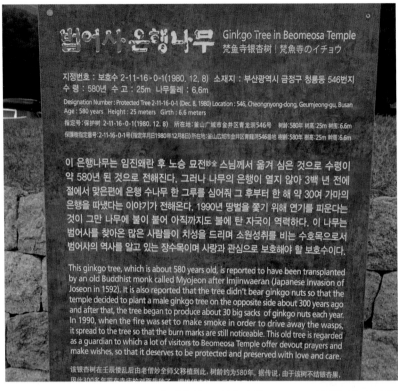

범어사 은행나무 Ginkgo Tree in Beomeosa Temple
梵魚寺銀杏樹 | 梵魚寺のイチョウ

지정번호 : 보호수 2-11-16-0-1(1980. 12. 8) 소재지 : 부산광역시 금정구 청룡동 546번지
수 령 : 580년 수 고 : 25m 나무둘레 : 6.6m

Designation Number : Protected Tree 2-11-16-0-1 (Dec. 8, 1980) Location : 546, Cheongnyong-dong, Geumjeong-gu, Busan
Age : 580 years Height : 25 meters Girth : 6.6 meters

指定号 : 保护树 2-11-16-0-1(1980. 12. 8) 所在地 : 釜山广城市金井区青龙洞546号 树龄:580年 树高:25m 树围:6.6m
保護樹指定番号:2-11-16-0-1号(指定年月日1980年12月8日)所在地:釜山広城市金井区青龍洞546番地 樹齢:580年 樹高:25m 幹周:6.6m

이 은행나무는 임진왜란 후 노승 묘전^{妙全} 스님께서 옮겨 심은 것으로 수령이
약 580년 된 것으로 전해진다. 그러나 나무의 은행이 열지 않아 3백 년 전에
절에서 맞은편에 은행 수나무 한 그루를 심어줘 그 후부터 한 해 약 30여 가마의
은행을 따냈다는 이야기가 전해온다. 1990년 땅벌을 쫓기 위해 연기를 피운다는
것이 그만 나무에 불이 붙어 아직까지도 불에 탄 자국이 역력하다. 이 나무는
범어사를 찾아온 많은 사람들이 치성을 드리며 소원성취를 비는 수호목으로서
범어사의 역사를 알고 있는 장수목이며 사랑과 관심으로 보호해야 할 보호수이다.

This ginkgo tree, which is about 580 years old, is reported to have been transplanted
by an old Buddhist monk called Myojeon after Imjinwaeran (Japanese Invasion of
Joseon in 1592). It is also reported that the tree didn't bear ginkgo nuts so that the
temple decided to plant a male ginkgo tree on the opposite side about 300 years ago
and after that, the tree began to produce about 30 big sacks of ginkgo nuts each year.
In 1990, when the fire was set to make smoke in order to drive away the wasps,
it spread to the tree so that the burn marks are still noticeable. This old tree is regarded
as a guardian to which a lot of visitors to Beomeosa Temple offer devout prayers and
make wishes, so that it deserves to be protected and preserved with love and care.

该银杏树在壬辰倭乱后由老僧妙全师父移植到此。树龄约为580年。据传说，由于该树不结银杏果，
因此300多年前在寺庙的对面栽植了一棵雄性银杏树，

보 호 수
· 수 종 : 은행나무   · 지정번호 : 2-11-16-0-1
· 수 령 : 580년   · 지정일자 : 1980. 12. 8
· 수 고 : 25m   나무둘레 : 6.6m
· 소 재 지 : 금정구 청룡동 546번지
금정구청장

함께 걸으면 들리는 **부산나무의 감성스토리**

두구동 조리마을

푸조나무

어렵사리 도착하니
금방이라도 요정(妖精, fairy)이 나타날 것만 같다.
길을 사이에 두고
도란도란 속삭이는 울림이 느껴진다.

당신의 드리움으로 수많은 사람들이
희로애락(喜怒哀樂)을 얘기하면서
기복과 안녕을 바랐을 터인데
정작 당신은 한마디도 없다.

웅장한 모습으로
피곤하면 잠시 쉬어가라고
살랑살랑 몸을 흔들어 댄다.

당신을 살짝 바라보자면
한 뼘 떨어진

홍법사[9]의 단기출가 봉행 동자승처럼
향긋한 미소가 떠오른다.

---

9) 부산시 금정구 두구로에 위치한 사찰을 말함.

교회 십자가에 반사된 햇빛처럼
밝은 희망이 느껴진다.
금정산, 백운산, 송정마을, 쉼 없이 흐르는 물줄기
· · · · · ·

푸조 · 느티 · 팽 나무 가족들이
평온을 벗 삼아서 도란도란 터를 잡고
차분하게 있음이
극히 자연스러울 따름이다.

나는 당신이
그곳에 있음이
보다 더 행복하다.

수령 618년의
두구동 푸조나무

수종 푸조나무
수령 618년(2018년 기준)
위치 금정구 두구동 1210-1
(두구로 51번길, 조리2길)
높이 16m
나무 둘레 3.9m
보호수 지정연도 1980년 12월 21일

수령 308년 두구동 푸조나무

수령 358년 두구동 느티나무

함께 걸으면 들리는 **부산나무의 감성스토리**

맛집 소개

1. 맷돌순두부
- 업종 : 한식(밥집)
- 전화 : 051-508-3170
- 주소 : 금정구 청룡동 57-15
- 메뉴 : 맷돌 순두부·콩비지백반·두부김치, 콩국수, 빈대떡, 해물파전, 김치볶음두부
- 영업 : 09:00~21:00
- 주차 : 가능
- 휴무 : 첫째 월요일

2. 북한음식점
- 업종 : 한식(밥집)
- 전화 : 051-508-3038
- 주소 : 금정구 청룡동 50-1
- 메뉴 : 순대, 녹두빈대떡, 찐만두, 수육모듬, 돼지국밥
- 영업 : 09:00~23:00
- 주차 : 가능
- 휴무 : 연중 무휴

3. 뉴숯불통닭
- 업종 : 고깃집(술집)
- 전화 : 051-514-3885
- 주소 : 금정구 장전1동 134-12
- 메뉴 : 양념치킨, 후라이드
- 영업 : 10:00~24:00
- 주차 : 불가
- 휴무 : 1, 3, 5주 일요일

커피전문점 소개

1. 모리커피
- 업종 : 커피점(빵집, 기타)
- 전화 : 051-517-5127
- 주소 : 금정구 장전3동 417-1, 2층
- 메뉴 : 핸드드립커피, 초코릿 케익
- 영업 : 11:00~23:00
- 주차 : 불가
- 휴무 : 연중무휴

기장군(1)
- 내 마음의 쉼터

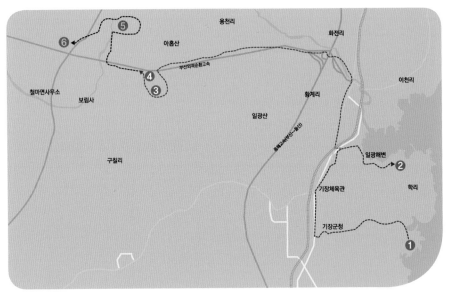

① 기장 죽성리 → ② 일광 학리 → ③ ④ 철마 이곡리 → ⑤ 아홉산숲 → ⑥ 철마 백길리

함께 걸으면 들리는 **부산나무의 감성스토리**

죽성리 '두호마을'의 수호신 해송

기장읍 두호마을

해송[10]

기장 죽성리 왜성이 언덕 위로 어렴풋이 보인다.
땅은 조선 땅이건만
그곳엔 왜구들이 성을 쌓고
비켜줄 생각이 없다.

아무리 쳐다보아도
내 눈과 마주치지 않으려 한다.
말과 글, 손짓으로 다가가도
반응이 없기는 마찬가지다.

그곳은 단단한 화강석으로 폐쇄된 채
자신들만의 공간으로 굳게 닫혀버렸다.

죽성리 갯냄새와
산들산들 불어오는
동해의 미풍마저도
감미롭기보다는 한없이 쓰고 떫다.

---

10) 죽성리 해송으로 첫 번째 시(詩)를 의미함.

발 아래엔
우리의 선조들이 눈을 부릅뜨고
그곳을 향해서 대응하지만
쌓인 돌에는 한 치의 틈이 없다.

시간 지나서 후회한들 소용이 없다.
소통하고 교류하지 않음에 대한 후회 · · · · · ·

황학대(黃鶴臺)를 벗 삼아서 함께한 언덕 위에
분재처럼 멋진 소나무가
맞은편 왜구들의 무모함을 깨우치기라도 하듯
하나처럼 다섯 그루가 뭉쳐서
웅장하면서도 평화로운 모습을 안겨줘
너무나 상쾌하다.
그 이름은 죽성리 해송(海松)
와아~ 가슴이 뻥 뚫어지는 느낌이다.
바로 상쾌함이다.

물고기를 잡아서 굶주림을 해결해야 할 판이다.
바다로 나아가자 풍랑이 일기 시작한다.
비나이다. 비나이다.
무병장수, 안전, 풍어 · · · · · ·
국수당 · · · · · ·

밤하늘엔 수많은 별들이 빛나고 유성이 흩어지듯이
거친 풍랑으로 대동선이 좌초되어
실려 있던 쌀이 파도를 타고 이리저리 흩어진다.

한 어부가 곡식이 흉하여
수장된 대동미를 건져 먹은 잘못으로 옥살이를 하던 중에
백성의 억울함을 전해들은
암행어사 이도재(李道宰)가 풀어주고
매바위(어사암, 御使巖)에 월매가 등장하니
태평성대 따로 없다.

유배 온 고산(孤山) 윤선도(尹善道)가
황학대에 터를 잡고
민초의 고충을 헤아리니
그곳이 무릉도원이라 백성들은 좋아하네.
어화둥둥 ~

'견회요' 다섯 수와 '우휴요' 한 수를 남기시니
죽성리의 자랑이요.
400여 년의 세월이 흘러
풍류와 힐링의 일번지로 변화하니
그곳이 바로
'오시리아'[11]의 출발지이다.

---

11) '오시리아'는 동부산 관광단지의 명칭임.

다섯 그루가 한 그루의 소나무처럼 보이는 죽성리의 해송

수종 해송(곰솔)
수령 421년(2018년 기준)
위치 기장군 기장읍 죽성리 249(두호2길 20)
높이 20m
나무 둘레 3.5m
보호수 지정연도 1997년 2월 4일
가치 부산광역시 지정기념물 제50호(2001. 5)

기장읍 두호마을

해송2[12]

먼발치에서 당신을 보았을 땐
한 폭의 수채화이다.
바로 어여쁜 모습의 분재(盆栽)이다.
죽성리를 감아 도는 나지막한 언덕 위에
다소곳이 자리하여 단아하면서도 우람한
자태가 400년 세월을 느끼게 한다.

그대의 모습에 반하여
한발 한발씩 발걸음을 옮기니
기장 앞바다에서 채취한
생미역 내음이 코끝으로 향긋하게 스민다.
햇볕을 맞아 여기저기에 반가운
미역들이 조금씩 딱딱하게 변해가니
어부의 입가엔 미소가 저절로 넘친다.

어느덧 발걸음이 언덕 위에 도착하니
다섯 그루가 한 그루인 듯 조화로운
죽성리 해송(海松)이 환한 미소로 반긴다.

---

12) 죽성리 해송으로 두 번째 시(詩)를 의미함.

해송 한가운데 국수당이 자리를 내어서
죽성항을 향해오는 왜구들의 노략질을 단호하게 막아서고
그 힘으로 마을의 안녕과
어부들의 안전한 풍어를 기원하니
마을의 서낭신, 바로 '국수당'이다.

어이하여 뒤편에는 왜성(倭城)이 저렇게?
조선과 명나라의 연합군이 한양을 공격하니
그곳에서 물러난 왜구들이 이곳에다 진(陣)을 치고
완강하게 버텨대다가
죽성리 왜성이 되어버렸구나.
성곽의 둘레는 960미터이고, 높이가 4~5미터에 이르도록
돌로서 성곽을 쌓았으니 너무나도 어이없다.

이곳은 우리나라 영토이거늘
어서 빨리 물러서라
바다 건너 일본으로 ·······

이곳에 올라보니
탁 트인 죽성리 앞바다가
한눈에 들어오니
풍광에 연거푸 셔터를 눌러댄다.

1592년 주객이 전도 되어 성곽 내부에는 왜구가
밖에서는 우리의 선조들이 성곽을 에워싸고

수차례 공격해도 버티기가 일수이다.

우리 땅에서 저렇게 버틴다니
천인공로(天人共怒)할 일이로다!
답답한 가슴 여미고 큰 호흡 다시 하니
죽성항의 그리움을 여기서 멈출 수가 없다.

어사암에 자리한 암행어사 이도재(李道宰)가
두호마을 어부의 억울함을 풀어주니
관기(官妓) 월매의 간절한 소망이 전해졌던가?
매바위에서
암행어사 이도재의 올바른 결정이 내려지니
그것을 '어사암'이라 부르련다.
        · · · · · ·

죽성에서 유배생활 중 시름을 달래던 고산(孤山) 윤선도(尹善道)가
주옥같은 '견회요' 다섯 수와 '우후요' 한 수를 남긴 곳이
바로 '황학대(黃鶴臺)'가 아니던가?
이곳은 분명히 엔터테인먼트의 출발지가 맞구나.

일광면 학리

소나무

광범위한 부지에 철조망이 둘러져 있다.
접근이 통제된 만큼 자연적일까?
드론을 띄운다면 가능하겠지만
과연 내 느낌은?

철조망으로 출입을 제한하고 있는 학리 소나무

안쪽에 제당이 있으며, 바깥에 소나무가 자라고 있음

• **위치 :** 부산 기장군 일광면 학리 산 37-1(학리4길 20-6)

큰 가지가 잘린 이곡리 느티나무

함께 걸으면 들리는 **부산나무의 감성스토리**

철마면 이곡마을

느티나무

육중한 몸매가 오라고 손짓하여 단숨에 달려가니
발 아래에서 계속해서 물이 쫄쫄쫄 흐를 뿐이다.

바로 옆에는 소고기 굽는 냄새가
코끝으로 다가온다.
느티나무 덕분일까?
고기 굽는 냄새가 싫지도 않고
쉽게 정화되니
느티나무가 그래서 좋다.
오늘도 이곳을 찾는 사람들의 마음처럼
철마면 이곡리 느티나무를 지나치면
홀로 차 한 잔 하는 여유를 가지고 싶다.

함께 걸으면 들리는 **부산나무의 감성스토리**

철마면 이곡리 마을회관 앞에 위치

철마면 이곡리

팽나무

마을회관 앞에서,

지친 이들 쉬어가라고 그늘 자리를 내어주니

마을주민,

기분 좋아 웃음을 짓는다.

수종 팽나무
수령 336년(2018년 기준)
위치 철마면 이곡리 735(이곡길 100)
높이 20m
나무 둘레 4m
보호수 지정연도 1982년 11월 10일

철마면 아홉산숲

금강송 소나무군락

400년의 숨결이 이어져서
아홉산에 차분히 내려앉아 숲을 이루니

세상 그 어떤 그림보다도
더 가득차고 멋지게
아름다운 모습으로 손을 내민다.

할아버지, 할머니께서 직접 심고 가꿔서
풍성한 숲을 이루니

세상 그 어떤 창고보다도
더 넓고 풍요롭게
깊은 울림으로 스며든다.

수종 소나무
수령 286년(2018년 기준)
위치 철마면 웅천리 산 264-1(미동길 37-1)
높이 9~27m
둘레 1.9~3.2m
보호수 지정연도 1982년 11월 10일

발길을 내 딛는 곳곳마다
대나무와 소나무가 조화롭게 숲을 이루니

세상 그 어떤 배경보다도
더 멋있고 신비롭게
형형색색(形形色色)의 물결로 다가온다.

살랑살랑 봄바람이 불어대고
대지에 봄나물 새싹이 돋을 때면

세상 그 어떤 반찬보다도
더 감미롭고 맛있게
상큼한 기분으로 찾아온다.

대나무 숲에서 죽순들이
서로 키 재기를 하듯이 성큼성큼 숲을 이루니

세상 그 어떤 생명보다도
더 활기차고 빠르게
부드러운 모습으로 옷을 입는다.

대나무 숲을 지나서 위로 향하니
왼쪽 넓은 공간에 한 가득
시원스럽고 탐스럽게 금강송(金剛松)이
어여쁜 새색시 볼마냥

파스텔 톤의 핑크빛으로
촉촉이 적시어져서
상큼한 향기를 물씬 풍긴다.

남평 문씨 보살핌이
이 숲에 계속 이어지듯이
116그루의 금강송이 마치 한 그루인 양
오케스트라 협주곡을 안겨준다.

숲속으로 한발 한발 내딛을 때마다
향긋하고 쾌적한 공기가 쉼 없이 뿜어져 나오기에
그곳으로 조심조심 발걸음을 옮겨서 걸으니
아름드리 금강송과 편백나무, 대나무 숲에서
'맛있는 공기'가 끊임없이 채워진다.

그래서일까
영화 "군도와 협녀", "대호"와 드라마 "다큐"의
촬영지로 알려지면서
유치원생부터 성인 단체에 이르기까지
방문이 끊이질 않는다.

내 마음도
소박한 원시림처럼 깨끗함이 느껴진다.

영화 '대호'의 촬영지 아홉산 대나무숲

철마면 백길회관

팽나무[13]

여름이면 당신의 그늘에 취하려
사람들이 여기저기서 모여든다.
마을의 중심이자 플랫폼은 바로 당신이다.

그대는 정말로 시원하다. 포근하다.
어머님의 손길처럼 따뜻하다.

당신 아래에는 많은 사람들이 모여들고
생활의 희로애락(喜怒哀樂)을 얘기하면서
웃음꽃과 슬픔을 달래
풍성한 가지와 그늘을 내어주니
옹기종기 사이좋게 둘러앉아
이야기보따리를 풀고 있으니
바로 이곳이, 현대판 이상향(理想鄕)이다.

---

13) 백길리 팽나무 첫 번째 내용.

수령 436년의 백길리 팽나무

철마면 백길회관

팽나무 2[14]

예쁜 강아지가 도마경기를 하듯이
좌우 균형을 맞추고 상부상조하는 모습이
상생의 소중함을 안겨준다.

수종 팽나무
수령 436년(2018년 기준)
위치 철마면 백길리 163(정관읍 곰내길 115)
높이 15m
둘레 4m
보호수 지정연도 1982년 11월 10일

---

14) 백길리 팽나무 두 번째 내용.

맛집 소개

1. 자연산횟집 일광바다
- 업종 : 횟집
- 전화 : 051-724-7188
- 주소 : 기장군 일광면 삼성리 116-6(기장해안로 1312)
- 메뉴 : 자연산회, 가자미회, 우럭·광어·아나고회, 잡어물회, 회덮밥, 미역국, 멸치쌈밥, 우럭탕, 계절음식(도다리 쑥국, 물메기탕, 생대구탕)
- 영업 : 11:00~23:00
- 주차 : 가능
- 휴무 : 첫째 월요일

2. (기장)소문난 주문진막국수
- 업종 : 분식
- 전화 : 051-722-7088
- 주소 : 기장군 기장읍 동부리 187-1
- 메뉴 : 막국수, 메밀칼국수
- 영업 : 10:00~21:00
- 주차 : 가능
- 휴무 : 추석, 설날

3. 용궁열무국수
- 업종 : 한식(밥집)
- 전화 : 051-723-1288
- 주소 : 기장군 기장읍 시랑리 687-5
- 메뉴 : 열무국수, 잔치국수, 야채비빔 국수, 메밀열무비빔국수, 메밀열무국수
- 영업 : 10:00~24:00
- 주차 : 가능
- 휴무 : 명절 당일

커피전문점 소개

1. 아데초이
- 업종 : 커피점
- 전화 : 070-8804-1355
- 주소 : 기장군 일광면 문오성길 162-1
- 메뉴 : 핸드드립커피
- 영업 : 09:00~22:00
- 주차 : 가능
- 휴무 : 설날 전체, 추석 연휴

기장군(2)
- 함께하는 삶

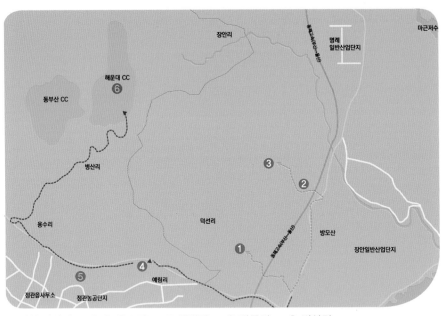

① 장안 덕선리 → ② ③ 용소리 → ④ 예림리 → ⑤ 방곡리 → ⑥ 병산리

장안읍 덕선리

소나무

굽이굽이 돌아서 홍송(紅松)을 만나니

편안한 기운 감돌며

시원스런 느낌으로 반겨준다.

수종 소나무
수령 216년(2018년 기준)
위치 장안읍 덕선리 274(선암길 76)
높이 15m
둘레 3.2m
보호수 지정연도 1982년 11월 10일

장안읍 용소리

팽나무 1

앞에서 바라보면 부채를 펼쳐놓은 것 같다.

옆에서 다시 보면 당신은 크리스마스트리 같다.

멀리서 바라보니 브로콜리(broccoli) 같다.

투박하지 않지만 매우 부드럽지도 않다.

하지만 불쾌하거나 보기가 싫지도 않다.

수종 팽나무
수령 376년
위치 장안읍 용소리 65-4(용소길 33)
높이 20m
둘레 4.5m
보호수 지정연도 1982년 11월 10일

함께 걸으면 들리는 **부산나무의 감성스토리**

장안읍 용소리

팽나무 2

시냇물 졸졸졸 깨끗한 곳에
비닐하우스 들어서 농사를 주장하니
이 몸이 양보해서 풍요를 안겨주리.

수종 팽나무
수령 336년(2018년 기준)
위치 장안읍 용소리 408(용소길 154)
높이 20m
둘레 3.2m
보호수 지정연도 1982년 11월 10일

정관읍 예림리

팽나무

머리위로 쏜살같이 달리는 사람들 탓에

편안할 날이 없구나.

그저 현실에 순응할 뿐,

당신을 바라보면, 끈기와 인내를 배우게 된다.

수종 팽나무
수령 396년(2018년 기준)
위치 정관읍 예림리 415(기상내로 560)
높이 25m
둘레 4m
보호수 지정연도 1982년 11월 10일

정관읍 방곡리

느티나무

훤칠한 외모가 우리를 이끈다.

아파트 공사 때에 사라질 뻔한 운명이

언제 있었느냐는 듯.

수종 느티나무
수령 436년(2018년 기준)
위치 정관읍 방곡리 389-3
높이 25m
둘레 5.3m
보호수 지정연도 1982년 11월 10일

정관읍 병산리

소나무

와아~ 잘 생겼다. 시원하다. '도깨비' 같다.

골퍼(Golfer)의 희망이다. 당신의 키를 훌쩍 넘기는 것이.

당신은 에베레스트이다.

수종 소나무
수령 236년(2018년 기준)
위치 정관읍 병산리 산2-1
높이 20m
둘레 3.2m
보호수 지정연도 1982년 11월 10일

기장군(3)

- 새로운 희망을 위하여

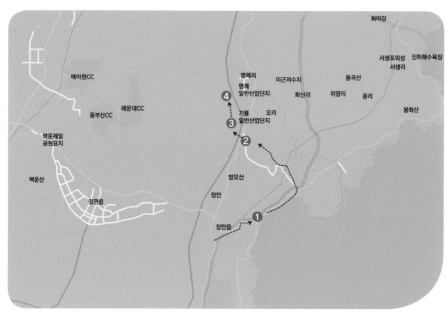

① 장안 임랑리 → ② ③ 기룡리 → ④ 장안리

함께 걸으면 들리는 **부산나무의 감성스토리**

장안읍 임랑리

소나무

부릉부릉~부우-웅~ 자동차에서
뿜어지는 매연들.
미역 냄새와 바닷바람 쐬면서
소나무가 평화롭다.

분재 작품 같은 임랑리 해송

수종 소나무
수령 508년(2018년 기준)
위지 상안읍 임랑리 44-4
높이 20m
둘레 4.1m
보호수 지정연도 2010년 12월 12일
가치 당산목

장안읍 기룡리

팽나무 1

마을의 유래, 당산목, 안녕(安寧)

밑동이 굵어서 넓은 수관을 펼치듯이

우리도 우주보다 무한한 배려를······

수령 336년의 기룡리 팽나무

수종 팽나무
수령 336년(2018년 기준)
위치 장안읍 기룡리 300
높이 20m
둘레 4.1m
보호수 지정연도 1982년 11월 10일
가치 당산목

장안읍 기룡리

팽나무 2

기룡(奇龍)이란,

‘기’자는 ‘키’, ‘크’의 차음표기로 ‘크다’이고

‘룡’자는 ‘미리’ = ‘머리’로 ‘큰 머리’를 의미하며

장안천 주변의 ‘큰 마을’이라는 뜻이다.

경주 이씨 알평(謁平)

11세손 이재덕(李在德)이 터를 잡고 이곳에 정착하니

그 역사는 신라시대로 거슬러 올라간다.

일찍이 도로를 옆에 두고

오가는 행인들을 대하며

포근함과 시원함을 내어주니

동네 아낙네의 담소(談笑)가 끊임없이 이어진다.

당신을 바라보면 참 재미있다.

팽나무이지만 한결같지 않고

마디마다 모양이 너무도 다르다.

몸통은 하나이지만

위로 펼쳐진 수관은 어쩌면 이곳 기룡마을에 살았던

당신들이 힘을 보태어
팽나무의 가지마다 돋아서
마을을 지켜주고 있는 듯하다.

보면 볼수록 당신은
아기자기하면서도 짜임새가 있고 대담하다.
여기저기에 당신의 소중한 나눔을 베풀고 있음이
지지대(支持臺)에서 전해진다.

당신에게서 현대판 수많은 용들의
꿈틀거림을 실감나게 한다.

수종 팽나무
수령 436년(2018년 기준)
위치 장안읍 기룡리 764
높이 22m
둘레 4.7m
보호수 지정연도 1982년 11월 10일
가치 당산목

장안읍 장안리

밀레니엄 나무

거대한 당신의 모습에
빨려드는 느낌이다.

이름하여 밀레니엄 나무 · · · · · ·
통일신라시대 원효대사의 넋이 서린
장안사와 문무대왕이 스쳐지나간다.

둘레는 6m, 높이는 20m로
우리의 느티나무 중에서는 가히 으뜸으로
수령은 1300년을
훌쩍 뛰어넘는다.

정월보름과 음력 6월이면
정결한 몸가짐과 정성스런 마음으로
당신에게 막걸리 다섯 말을 헌주(獻酒)하니,
그것이 바로 당제로다.
장안마을에 평화로운 기운이 성큼성큼 찾아드니
오호쾌재(嗚呼快哉)라!

당신의 발 아래로 약수천이 졸졸 흐르니

불로장생수가 따로 없다.
바로 이곳이 극락이요
내 마음의 도솔천이다.

숱한 세월이 지나가도
변함없이 오늘에 멈추었으니
그것이 바로 당신의 혼(魂)이요
장수하는 삶인지라.
당신을 장수나무, 밀레니엄 나무로 부를 테니
당신도 기분 좋아
넘실넘실 춤을 추어 양팔로 화답하고
좋은 기운 절로 퍼져 만방에 이로움이 가득하니
힐링(Healing) 나무로 부르련다.
육중하게 뻗은 몸이
동서남북 가리키며
내 아픈 과거 뒤로하고
외과수술 받았으니

지금은 괜찮아서
푸른 잎으로 그늘을 드리우며
남녀노소(男女老少) 방문객을 반겨준다.

연꽃이 지천으로 당신을 에워싸고
어여쁜 꽃을 피워대니
개구리도 마냥 즐거워

수영선수가 따로 없다.

칠월이면
연꽃이 만발하고,
넝쿨박이 주렁주렁 만물상을 연출하니,
가히 장관이다.

그래서일까
당신 앞에 다가가면
전원적이다 못해 현대적이다.

수수하면서도 화려하다.
근사하다.
편안하다.

당신은
우리들의 희망이다.

또 다가올
새로운 밀레니엄처럼 · · · · · ·

국내 최고의 느티나무라 하여 "밀레니엄 나무"로 명명함

수종 느티나무
수령 1340년(2018년 기준)
위치 장연읍 장연리 294
높이 25m
둘레 8m

보호수 지정연도 1978년 8월 12일
가치 당산목

맛집 소개

1. 명품물회

- 업종 : 일식(횟집)
- 전화 : 051-722-1722
- 주소 : 기장군 기장읍 649-3(기장해안로 34-20)
- 메뉴 : 물회·비빔물회, 명품물회
- 영업 : 10:00~22:00
- 주차 : 가능
- 휴무 : 연중무휴

2. 수림원

- 업종 : 한식(밥집)
- 전화 : 051-722-37208
- 주소 : 기장군 일광면 이천리 361-2
- 메뉴 : 아귀탕, 아귀찜, 아귀수육
- 영업 : 10:00~21:00
- 주차 : 가능
- 휴무 : 연중무휴

3. 마노한정식

- 업종 : 한식(밥집)
- 전화 : 051-722-6060
- 주소 : 기장군 기장읍 대변리 452
- 메뉴 : 연잎밥 한정식
- 영업 : 11:00~21:30
- 주차 : 가능
- 휴무 : 연중무휴

커피전문점 소개

1. 프롬나드 커피 컴퍼니

- 업종 : 커피점
- 전화 : 051-816-3097
- 주소 : 기장군 기장읍 연화리 168(연화1길 151)
- 메뉴 : 핸드드립커피
- 영업 : 10:00~22:00
- 주차 : 가능
- 휴무 : 연중무휴

2. 웨이브온커피

- 업종 : 커피점
- 전화 : 051-727-1660
- 주소 : 기장군 장안읍 월내리 553(해맞이로 286)
- 메뉴 : 핸드드립커피
- 영업 : 11:00~24:00
- 주차 : 가능
- 휴무 : 연중무휴

함께 걸으면 들리는 **부산나무의 감성스토리**

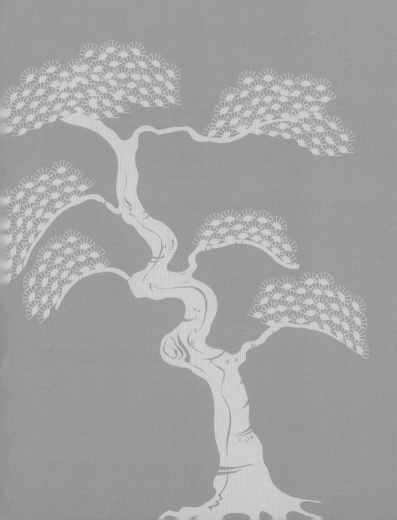

함께 걸으면 들리는 부산나무의 감성스토리

남구
- 세계의 평화

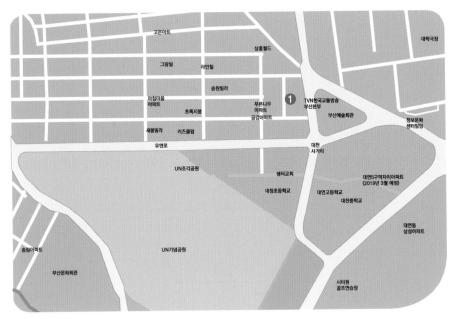

고은아트
삼홍월드
대학극장
그랑빌
라인힐
송원빌라
아침마을
아파트
푸른나무
아파트
금강아파트
TVN한국교통방송
부산본부
초록지붕
부산예술회관
정문문화
센터빌딩
새봄빌라
키즈클럽
유엔로
대천
사거리
UN조각공원
샘터교회
대청초등학교
대연고등학교
대연5구역자이아파트
(2019년 3월 예정)
대천중학교
대연동
삼성아파트
송림아파트
UN기념공원
부산문화회관
시티원
골프연습장

① 대연동

함께 걸으면 들리는 **부산나무의 감성스토리**

멋진 담장과 정자로 꾸며진 대연동 소나무

대연3동

소나무

멋진 담장 드리우고 쉼터를 만들어서
보전과 이용의 가치를 안겨주니
삶과 자연의 만남이 사뭇 향긋하다.

정자와 어울리는 수령 100년의 대연동 소나무

수종 소나무
수령 148년(2018년 기준)
위치 대연3동 561-12(유엔평화로 47번길 153-10)
높이 15m
둘레 3.5m
보호수 지정연도 1980년 12월 8일
가치 당산목

맛집 소개

1. 자연이주는밥상
- 업종 : 한식(밥집)
- 전화 : 051-612-8624
- 주소 : 남구 용호동 895-16
- 메뉴 : 자연 한정식, 보리굴비정식
- 영업 : 11:00~21:00
- 주차 : 가능
- 휴무 : 매주 일요일

2. 예가
- 업종 : 한식(밥집)
- 전화 : 051-635-8785
- 주소 : 남구 대연동 1768-13
- 메뉴 : 정식
- 영업 : 11:30~19:00(재료 떨어지면 마침)
- 주차 : 불가
- 휴무 : 매주 월요일, 명절휴무

3. 구드미엘
- 업종 : 분식
- 전화 : 051-624-7192
- 주소 : 남구 대연동 93-3 푸르지오 상가 103호
- 메뉴 : 연잎밥 한정식
- 영업 : 11:00~20:00
- 주차 : 가능
- 휴무 : 연중무휴

커피전문점 소개

1. 엣홈(at home)
- 업종 : 커피점
- 전화 : 051-626-5404
- 주소 : 남구 대연동 63-12
- 메뉴 : 아메리카노, 피자, 파스타
- 영업 : 11:00~23:00
- 주차 : 불가
- 휴무 : 연중무휴

2. 이색카페 콩콩(Bean Bean)
- 업종 : 커피점(빵집, 기타)
- 전화 : 070-7108-5156
- 주소 : 남구 대연3동 63-1
- 메뉴 : 아메리카노, 리얼핫초교, 브라우니
- 영업 : 11:00~23:00(공휴일 14:00~23:00)
- 주차 : 불가
- 휴무 : 연중무휴

동래구

- 배움의 의미

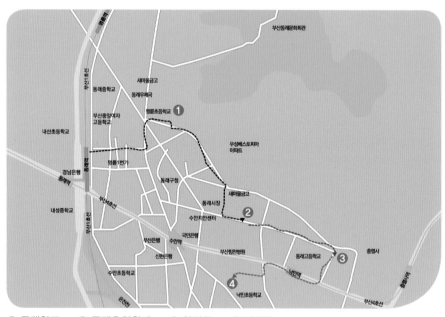

① 동래향교 → ② 동래유치원내 → ③ 안락동 → ④ 낙민동

함께 걸으면 들리는 **부산나무의 감성스토리**

동래향교

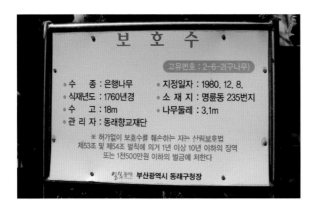

명륜동 동래향교

은행나무

내 나이를 묻거들랑 250살이라고

하지만 공자(孔子)님 앞에서는 나이보다

명륜당(明倫堂) 뜰에 존재하고 있음에 의미를······

수종 은행나무
수령 250년(2018년 기준)
위치 동래구 명륜동 235
(동래로 103)
높이 18m
둘레 3.1m
보호수 지정연도
1980년 12월 8일

칠산동 동래유치원

푸조나무

정말로 행복하다.

매일같이 어린 천사들에게 그늘이 되어주니,

아이들에게 무슨 근심이 있으랴.

타조를 닮은 푸조나무

수종 푸조나무
수령 158년(2018년 기준)
위치 동래구 칠산동 246(동래로 152번가길 21-9)
높이 17m
둘레 1.7m
보호수 지정연도 1980년 12월 8일

안락동

회화나무

담장에 얽히어 살아가는 모습이 어쩌면 우리들의 삶인가?
주인장의 고운 마음으로 겨우겨우 살아가니
살얼음판을 걸어가는 이 기분 누가 알리오.

수령 288년의
회화나무

수종 회화나무
수령 288년(2018년 기준)
위치 동래구 안락동 1012-1
　　　(동래로 221-4)
높이 17m
둘레 3.0m
보호수 지정연도
1980년 12월 8일
가치 정자목

낙민동

팽나무

우리 주인님은 정말로 좋은 분이에요.

내게 막걸리도 부어주고 음악도 틀어줘요.

2017년 초, 주인님께서 큰마음을 내어주시네요. 이렇게 ······

쉼터 조성 후

함께 걸으면 들리는 **부산나무의 감성스토리**

미니공원 조성으로 쾌적해진 쉼터

수종 팽나무
수령 258년(2018년 기준)
위치 동래구 낙민동 203-10~12(충렬대로 256번길 29)
높이 16m
둘레 3m
보호수 지정연도 1980년

맛집 소개

1. 벌교꼬막
- 업종 : 한식(밥집)
- 전화 : 051-555-9196
- 주소 : 동래구 온천동 159-29
- 메뉴 : 참꼬막 정식, 세꼬막 정식, 삶은 참꼬막, 삶은 세꼬막, 꼬막
  무침, 꼬막 탕수육
- 영업 : 11:30~22:00
- 주차 : 가능
- 휴무 : 매주 일요일

2. 남경막국수
- 업종 : 분식
- 전화 : 051-555-1399
- 주소 : 동래구 온천1동 98-17
- 메뉴 : 막국수
- 영업 : 11:00~21:30
- 주차 : 가능
- 휴무 : 명절휴무

3. 미성버섯 수제비
- 업종 : 분식, 한식(밥집)
- 전화 : 051-555-2265
- 주소 : 동래구 온천2동 750-64
- 메뉴 : 버섯수제비, 찹쌀수제비, 콩지짐, 갈비탕
- 영업 : 11:00~21:00
- 주차 : 가능
- 휴무 : 연중무휴

4. 논두렁추어탕
- 업종 : 한식(밥집)
- 전화 : 051-553-5769
- 주소 : 동래구 명륜동 551-13
- 메뉴 : 추어탕
- 영업 : 10:00~22:00
- 주차 : 가능
- 휴무 : 연중무휴

커피전문점 소개

1. 마리스텔라커피로스터스

- 업종 : 커피점
- 전화 : 010-8077-3536
- 주소 : 동래구 명륜동 702-3 1층(온천천로 75)
- 메뉴 : 아메리카노, 핸드드립커피
- 영업 : 10:00~22:00(일요일 11:00~21:30)
- 주차 : 공용 주차장 활용(개인 부담)
- 휴무 : 연중무휴

2. 수안커피

- 업종 : 커피점
- 전화 : 051-557-1356
- 주소 : 동래구 수안동 108-5(충렬대로 256번길 32)
- 메뉴 : 아메리카노
- 영업 : 10:00~17:00
- 주차 : 가능(2만 원 이상 구매 시 1H 무료)
- 휴무 : 일요일, 공휴일

부산진구

- 아낌없이 주는 쉼터

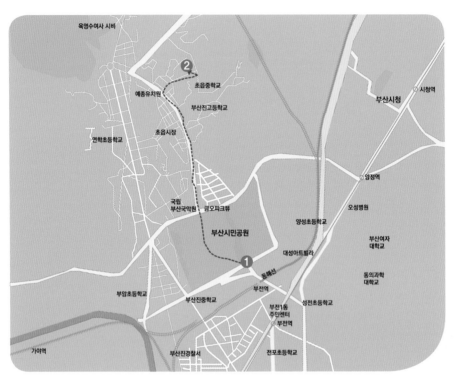

① 부산시민공원 → ② 초읍동

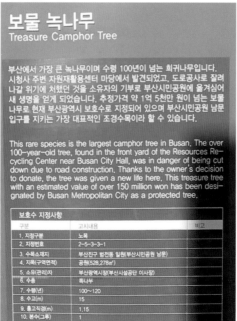

보물 녹나무
Treasure Camphor Tree

부산에서 가장 큰 녹나무이며 수령 100년이 넘는 희귀나무입니다. 시청사 주변 자원재활용센터 마당에서 발견되었고, 도로공사로 잘려 나갈 위기에 처했던 것을 소유자의 기부로 부산시민공원에 옮겨심어 새 생명을 얻게 되었습니다. 추정가격 약 1억 5천만 원이 넘는 보물 나무로 현재 부산광역시 보호수로 지정되어 있으며 부산시민공원 남문 입구를 지키는 가장 대표적인 조경수목이라 할 수 있습니다.

This rare species is the largest camphor tree in Busan. The over 100-year-old tree, found in the front yard of the Resources Recycling Center near Busan City Hall, was in danger of being cut down due to road construction. Thanks to the owner's decision to donate, the tree was given a new life here. This treasure tree with an estimated value of over 150 million won has been designated by Busan Metropolitan City as a protected tree.

보호수 지정사항		
구분	고시내용	비고
1. 지정구분	노목	
2. 지정번호	2-5-3-3-1	
3. 수록소재지	부산진구 범전동 일원(부산시민공원 남문)	
4. 지목(구역면적)	공원(528,278㎡)	
5. 소유(관리)자	부산광역시장(부산시설공단 이사장)	
6. 수종	녹나무	
7. 수령(년)	100~120	
8. 수고(m)	15	
9. 흉고직경(m)	1.15	
10. 본수(그루)	1	

• **위치** : 부산 부산진구 범전동 부산시민공원 남문(시민공원로109)

범전동, 부산시민공원 : 남문

녹나무

주인님과 부산시가
도로공사로 없어질 내 운명을
부산시민공원으로 옮겨주시니
싱싱한 잎으로 보답해야지.

부산에서 가장 큰 녹나무(보물나무 : 1.5억 원) '어머니 나무'

수종 녹나무
수령 125년(2018년 기준)
위치 부산진구 범전동 195(시민공원로 73)
높이 15m
둘레 3.6m
보호수 지정연도 2013년

초읍동, 초읍당산

폭나무

좁은 골목길로 어렵사리 찾으니

아래를 향해 살포시 바라보며

푸른 그늘을 드리워준다.

그래서 초읍(草邑)이련가.

초읍의 수호신 폭나무

수종 폭나무
수령 538년(2018년 기준)
위치 부산진구 초읍동 395(성지로 104번가길 18)
높이 18m
둘레 3.5m
보호수 지정연도 1980년 12월 8일

맛집 소개

1. 미가정

- 업종 : 고깃집
- 전화 : 051-803-9185
- 주소 : 부산진구 초읍동 206-84
- 메뉴 : 오리 소금구이, 오리 양념불고기
- 영업 : 11:30~22:00
- 주차 : 가능
- 휴무 : 매주 일요일

2. 풍미추어탕

- 업종 : 한식(밥집)
- 전화 : 051-819-4636
- 주소 : 부산진구 초읍동 338-8
- 메뉴 : 추어탕, 가오리찜, 파전
- 영업 : 11:00~21:00
- 주차 : 가능
- 휴무 : 명절휴무

커피전문점 소개

1. 테루아 핸드드립(Terroir Handdrip)

- 업종 : 커피전문점
- 전화 : 010-9656-1555
- 주소 : 부산진구 초읍동 207-18(성지로 93)
- 메뉴 : 핸드드립커피
- 영업 : 평일 08:00-19:00

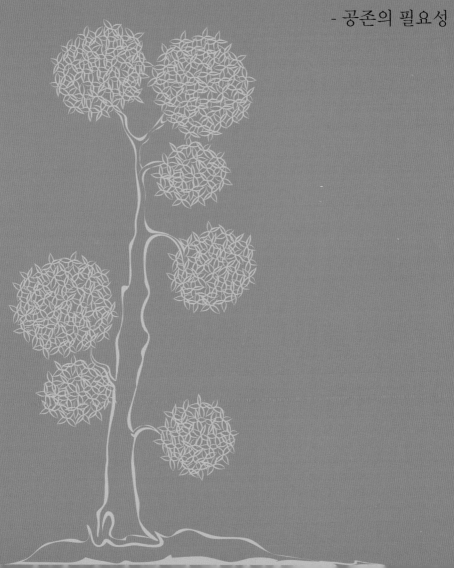

북구
- 공존의 필요성

함께 걸으면 들리는 부산나무의 감성스토리

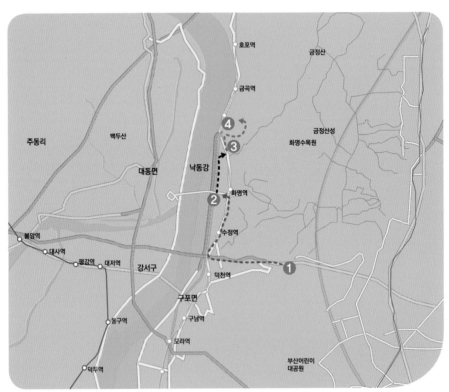

① 만덕2동주민센터 → ② 화명동 부산어촌민속관 → ③ 금곡동 화방사 → ④ 금곡동 입구

몸둥이 잘려서 한쪽 가시만!

만덕동

느티나무

한- 가지를 태풍에 내어주니
남아 있는 가지가 혼신의 노력으로
본 모습을 만들려고 애써 그림을 그린다.

쉼터를 제공하는 만덕동 느티나무

수종 느티나무
수령 338년(2018년 기준)
위치 북구 만덕동 319(만덕 2로 319)
높이 20m
둘레 2.8m
보호수 지정연도 1980년 12월 8일

모진 풍파를 견뎌낸
화명동 팽나무

화명동

팽나무 6 & 느티나무 1, 회화나무 1

400여 년 전 이곳에 낙동강을 곁에 두고
찰랑찰랑 물결치는
나지막한 언덕 위에 당산이,
바로 아래엔 고당 할미의 서낭당을 모셔서
음력 정월 14일 자정이면 제를 올렸으니
마을의 안녕과 풍어가
어찌 아니되었겠는가?

마을주민 화합하여
고당 할미제와 용당제를 지냈구나.

용당에 당산목이 자리하여
긴 세월을 지켜주니
애지중지 보살피세.
'화명동(華明洞)' 팽나무 가족들을······

당산나무가 6주라서 기분 좋고
용당마을 풍치목(風致木)이 2주에 이르니
더욱더 빼어나다.

얼씨구나, 기분 좋다.

팽나무 11주가 150~400년을 자라오니

어른 · 아이 찾아와서 즐거움을 나누는구나.

팽나무를 놀이터 삼아 뛰어놀다가

미끄러져 떨어져도 전혀 다치지를 아니하니

팽나무의 영험함과 고당 말미의 보살핌이

어이 없다 하겠는가?

수관(樹冠)을 살펴보니 생활예측 알려주네.

아래 가지 잎이 먼저 피면 그해엔 올벼 수확 좋아지고

높은 가지부터 새순 돋으면 늦벼 수확이 좋아지네.

정말로 신기하고 경이로울 따름이다.

생활의 지혜가 도심 속에

이렇게 소중한 팽나무 · 느티나무 가족이

오순도순 자라고 있지만

아쉽게도 400여 년 세월 동안

노거수가 소임을 다하였는지

더 이상 말이 없이 자리를 비키는구나

나머지 5주가 힘을 합하여

새로운 모습으로 움(새잎)을 틔우니

「부산어촌민속박물관」으로 사람들이 모여드네.

1980년 12월 8일에

팽나무 · 느티나무 가족에게 이름을 붙이기를

"보호수"라고 하였거늘

오래도록 보전하여

화명동의 의미처럼

화평하고 좋은 기분 가득한

마을로 거듭나기를······

6그루가 사이좋게 자라고 있는 팽나무와 느티나무

수종 느티나무, 팽나무, 회화나무
수령 188~438년(2018년 기준)
위치 북구 화명동 2279
높이 20m
둘레 3.4m
보호수 지정연도 1980년 12월 8일

함께 걸으면 들리는 **부산나무의 감성스토리**

굴뚝과 조화를 이루는 팽나무

금곡동

팽나무

마하반야 바라밀다심경 관자재보살 · · · · · ·

정구업진언 수리수리 마수리 수수리 사바하 · · · · · ·

오늘도 진아(眞我)를 찾아서

수종 팽나무
수령 288년(2018년 기준)
위치 북구 금곡동 1030(배재길 57-15)
높이 18m
둘레 2.4m
보호수 지정연도 1980년 12월 8일

금곡동

폭나무

안정되고 중후한 느낌이다.

좌우측 아파트도

이처럼 편안하면서 행복이 가득하기를.

수종 폭나무
수령 238년(2018년 기준)
위치 북구 금곡동 1239
높이 15m
둘레 3.5m
보호수 지정연도 1980년 12월 8일

1. 덕천고가
- 업종 : 고깃집, 한식(밥집)
- 전화 : 051-337-3939
- 주소 : 북구 구포1동 609-8
- 메뉴 : 해바라기, 순대전골·수육, 순대섞어·감자탕
- 영업 : 24시간 영업
- 주차 : 가능
- 휴무 : 연중무휴

2. 식당3선
- 고깃집
- 전화 : 051-333-0050
- 주소 : 북구 덕천동 551-1
- 메뉴 : 양념돼지갈비, 생모듬구이 정식, 고추장 돼지갈비, 점심 특선, 철판 파삼겹, 냉면
- 영업 : 매일 11:00~23:00
- 주차 : 가능
- 휴무 : 연중무휴

3. 구드미엘
- 업종 : 분식
- 전화 : 051-624-7192
- 주소 : 남구 대연동 93-3 푸르지오 상가 103호
- 메뉴 : 연잎밥 한정식
- 영업 : 11:00~20:00
- 주차 : 가능
- 휴무 : 연중무휴

1. 베리힐
- 업종 : 커피점
- 전화 : 010-5561-5679
- 주소 : 북구 만덕동 254-16
- 메뉴 : 아메리카노

2. 마비스커피
- 업종 : 커피점
- 전화 : 051-343-1116
- 주소 : 북구 만덕대로 42
- 메뉴 : 아메리카노

사상구

- 옛 시절이 생각나면

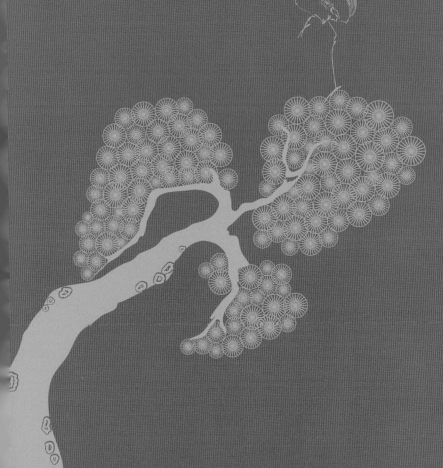

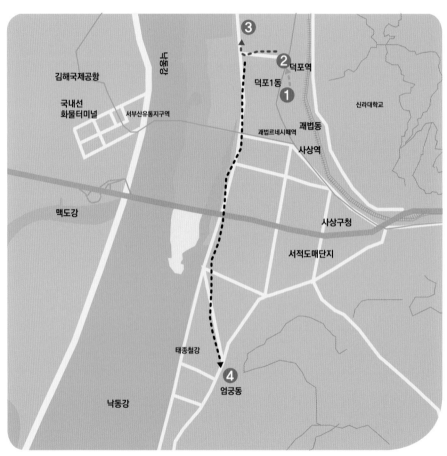

① 덕포동(하강선대) → ② 덕포동(상강선대) → ③ 삼락동 → ④ 엄궁동

함께 걸으면 들리는 **부산나무의 감성스토리**

덕포동

느티나무 5본, 팽나무 3본

300여 년 전부터

맞은편 할배 당산 마주하고, 할매 당산 위치하여

서로의 얼굴을 맞대니

마을에 평온함이 끊이질 않는다.

하(下) 강선대

수종 느티나무 1, 팽나무 1
수령 338년(2018년 기준)
위치 사상구 덕포동 712-8
높이 30m
둘레 2.8m
보호수 지정연도 1980년 12월 8일

덕포동
팽나무 등

예전에 이곳에는 물이 나들고
선녀들이 내려오니 상(上) '강선대(降仙臺)'라 불렀구나.
신령스런 좋은 기운 듬뿍 받아
'아이스버킷챌린지'로, 하나, 둘, 셋

상(上) 강선대

수종 무조나무 5, 팽나무 1
수령 338년(2018년 기준)
위치 사상구 덕포동 417-9
높이 30m
둘레 2.8m
보호수 지정연도 1980년 12월 8일

마을의 제당 송령당(松靈堂)

삼락동

소나무

'송령당(松靈堂)'을 설치하고 그곳에 자리하여
편안하게 자라왔건만,
산업화의 영향인가?
본 모습은 어디로,
쾌유를 빌어야지.

수령 100년의
삼락동 소나무

수종 소나무
수령 138년(2018년 기준)
위치 사상구 삼락동 396-10
높이 8m
둘레 2.1m
보호수 지정연도 1980년 12월 8일

엄궁동

팽나무

'보호수' 명찰을 달았으니, 자긍심은 대단하다.
좁은 공간이라서 조금은 아쉽지만
이곳마저도 감사해야지.

수령 258년의 엄궁동 팽나무

수종 팽나무
수령 258년(2018년 기준)
위치 사상구 엄궁동 633
높이 15m
둘레 2.7m
보호수 지정연도 1980년 12월 8일

맛집 소개

1. 모닭불
- 업종 : 한식(밥집)
- 전화 : 051-303-0993
- 주소 : 사상구 덕포동 416-14
- 메뉴 : 닭갈비, 초계탕
- 영업 : 11:00~24:00
- 주차 : 가능
- 휴무 : 명절휴무

2. 삼락재첩국
- 업종 : 한식(밥집)
- 전화 : 051-328-4140
- 주소 : 사상구 괘법동 524-45
- 메뉴 : 재첩국, 재첩회, 재첩회덮밥, 재첩진국
- 영업 : 06:00~21:00
- 주차 : 가능
- 휴무 : 연중무휴(명절 전후 3일 휴무)

커피전문점 소개

1. 엄궁동 비상(VSANT)
- 업종 : 커피점
- 전화 : 051-326-8080
- 주소 : 사상구 엄궁동 651-42(강변대로 420-7)
- 메뉴 : 아메리카노
- 영업 : 11:00~24:00
- 주차 : 가능
- 휴무 : 연중무휴

사하구(1)
- 힐링 일번지

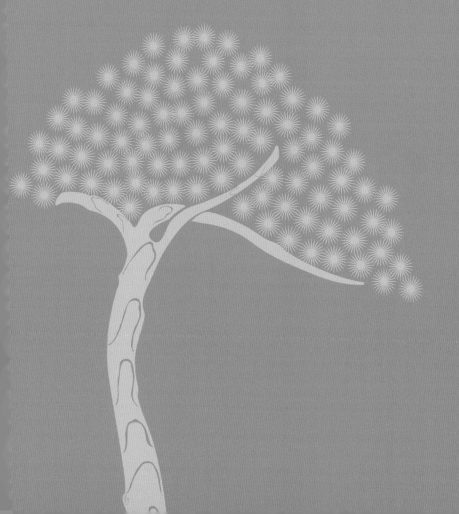

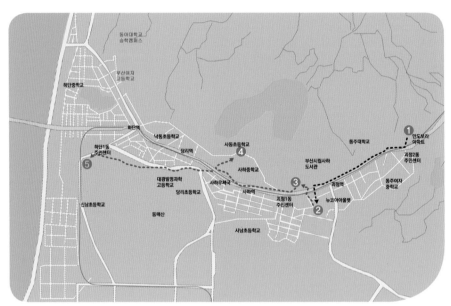

① 괴정동 206-10 → ② 괴정샘터공원 → ③ 괴정병원 맞은편 → ④ 당리본동 → ⑤ 하단동 한우숯불구이

함께 걸으면 들리는 **부산나무의 감성스토리**

괴정동

팽나무

어릴 때부터 늘
가까이 하였으니
주민들은 내 친구이다.
하지만 말로 표현을 못할 뿐이다.

수령 138년의 괴정동 팽나무

수종 팽나무
수령 138년
위치 사하구 괴정동 206-10(낙동대로 140번길 57-1)
높이 10m
둘레 0.95m
보호수 지정연도 1980년 12월 10일

수종 팽나무
수령 075년
위치 사하구 괴정동 1244-5(사하로 185번길)
높이 20m
둘레 6.5m
보호수 지정연도 1993년 10월 12일

괴정동 샘터공원

회화나무

괴정동의 지명과 관련이 있다 하여 찬찬히 살펴보니
훤칠한 모습에 누구나 반할 만하다.

회화나무를 한자로는 괴화(槐花)나무로 표기하는데
중국발음과 비슷한 회화로 부르게 되었다고 전한다.

일찍이 회화나무가 사람이 사는 집에 흔히 심어진 까닭은
'槐'자는 '木'자와 '鬼'자가 합쳐서 만들어진 것이라서,
회화나무를 집에 심어두면 잡귀를 물리친다 하여
조선시대에는 궁궐의 마당이나 출입구 가까이에 많이 심었으니
궁궐에는 귀신이 찾을 리가 만무하다.

서원이나 향교 등에 회화나무를 심어서
악귀를 물리치곤 하였으니
신진사대부의 앞마당에 자리하여
선비와 배움을 함께한 좋은 성분이
바로 '루틴'이 아니던가!
고혈압 예방과 콜레스테롤 완화에 이로움이 있단다.

남평 문씨와 함께한 지

600여 년이 흘렀지만
지금도 아낌없이 편안한 휴식을 안겨주어
마을주민들의 사랑을 듬뿍 받아서
여름이면 더욱더 푸르름으로
이에 화답을 한다.

'학자수(學者樹)'라
이곳에 소망명패가 주렁주렁 달렸으니
모든 소원을 성취하리라.

동네 아낙네의 빨랫방망이
두드리는 소리가 경쾌함을 더해준다.
그 이름이 바로 괴정 회화나무 샘터공원이구나.

정령 마을주민과
함께 마을의 자랑으로 내려오다가
너 나 할 것 없이 삶이 바빠
내팽개쳐버린 나머지
빽빽한 주택 사이에서
시름시름 앓다가
힘에 부치어 볼품을 잃고,
천연기념물 지정이 해제되어 잠시 희망을 벗었으나
풍성하게 터를 내어 쾌적하게 꾸며서
옛 모습을 돌려주니 회화나무도 즐기워서
넘실넘실 춤을 추며 새가지를 드리워대니

천하제일의 으뜸이오
현대판 리조트가 따로 없다.
바로 이곳이 웰빙 천국 아닐까?

수령 675년 괴정샘터공원 회화나무

괴정동 팔정자

회화나무

포악한 첨사의 억압,

주민들의 고통과 애환,

함께 모여서 이야기, 처형,

그 자리에 7그루의 나무가 자라서

오늘에 이른다.

착한 일 하라고 · · · · · ·

수령 656년 괴정동 회화나무

수종 팽나무
수령 656년(2018년 기준)
위치 사하구 괴정동 904~905(낙동대로 244번길 9)
높이 20m
둘레 6.5m
보호수 지정연도 1982년 12월 8일

당리본동 할머니경로당

팽나무

흰칠한 외관으로 그늘을 드리우니
바로 아래 경로당을 오가는 어르신들이 고마움을 표현하여
겸손함이 무엇인지 느끼게 한다.

수종 검팽나무
수령 236년(2018년 기준)
위치 사하구 당리동 316-1(제석로 50)
높이 20m
둘레 2.5m
보호수 지정연도 1982년 10월 11일

함께 걸으면 들리는 **부산나무의 감성스토리**

하단동

팽나무

언덕 위에 자리 잡고 있는 모습이 너무나도 안정되어
지나가는 행인들이 부러워한다.

아마도 오래전에 이곳에는 바닷물이 찰랑찰랑했을 법하다.
어쩌면 이 나무가 어부들의 풍어를 기원하는 당산목이었을까?
지금 팽나무는 숯불갈비집 주인과 애틋한 사랑을 하고 있는가?
늦봄이면 새싹을 틔고 여름이면 시원한 그늘을 드리우면서
가을이면 따사로운 기운을 연신 내밀고 있다.

이에 고마움을 담아서 숯불갈비 주인장이 막걸리를 대령하니
팽나무도 긴 가지를 흔들어 고마움을 표현하며
맑고 깨끗한 산소를 무한 공급하여
강원도 심산유곡의 공기가 부럽지 않구나.

그대에게 이름을 지어주니
여름이면 멋진 분재(盆栽)이며
가을이면 노릇노릇 연푸른 꽃다발이 따로 없다.
바로 그대가 풍성한 꽃다발이로구나.

아아~
밑부분이 조금 더 넓었으면 좋으련만

보전과 이용이 양립하는 바로 그 현장
자연과 인간의 조화로운 만남이
지속되기를 간절히 소망해 본다.

양보하며 공생하는 하단동 팽나무

수종 팽나무
수령 330년(2018년 기준)
위치 사하구 하단동 607-4(하신중앙로 290)
높이 20m
둘레 4.1m
보호수 지정연도 1982년 10월 11일

맛집 소개

1. 오사카
- 업종 : 일식(횟집), 분식
- 전화 : 051-205-8408
- 주소 : 사하구 괴정4동 1117-5
- 메뉴 : 고로케, 돈까스, 오무라이스, 일본라멘, 생선회
- 영업 : 11:00~22:00
- 주차 : 가능
- 휴무 : 매주 월요일

2. 통영식당
- 업종 : 한식(밥집)
- 전화 : 051-205-8500
- 주소 : 사하구 하단2동 517-28
- 메뉴 : 멸치쌈밥, 아구탕, 갈치구이, 갈치조림
- 영업 : 09:00~21:00
- 주차 : 가능
- 휴무 : 매주 일요일

3. 해주냉면
- 업종 : 분식
- 전화 : 051-291-4841
- 주소 : 사하구 괴정4동 1104-9
- 메뉴 : 평양·함흥 물·비빔 냉면, 물·비빔 밀면
- 영업 : 11:30~21:00
- 주차 : 가능
- 휴무 : 둘째, 넷째 월요일

4. 송하식당
- 업종 : 한식(밥집)
- 전화 : 051-207-3336
- 주소 : 사하구 당리동 325-34
- 메뉴 : 갈치구이, 갈치조림(2인), 볼락탕, 볼락구이(2인)
- 영업 : 10:00~22:00
- 주차 : 가능
- 휴무 : 연중무휴

5. 제일돌곱창
- 업종 : 한식(밥집), 술집
- 전화 : 051-202-1137
- 주소 : 사하구 하단 2동 490-15
- 메뉴 : 돌곱창(전골), 곱창·양념구이, 특양구이
- 영업 : 09:00~23:00
- 주차 : 가능
- 휴무 : 연중무휴

6. 정혜바지락 손칼국수
- 업종 : 분식
- 전화 : 051-206-2241
- 주소 : 사하구 감천동 199-3
- 메뉴 : 메생이칼국수, 바지락칼국수, 들깨칼국수, 수제비
- 영업 : 10:00~22:00
- 주차 : 가능
- 휴무 : 매주 월요일

커피전문점
소개

1. 인디고
- 업종 : 커피점
- 전화 : 051-292-1686
- 주소 : 사하구 괴정 2동 235-5
- 메뉴 : 아메리카노
- 영업 : 12:00~22:00
- 주차 : 불가
- 휴무 : 일요일 휴무

사하구(2)

- 천마산의 메아리

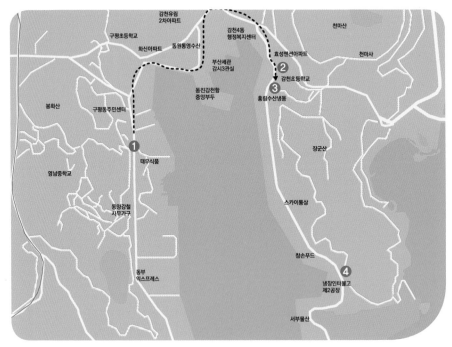

① 구평동 → ② 감천 보성냉장 → ③ 감천 234-4

구평동, 구평자동차정비소 앞

회화나무

도로를 넓히면서 없애지 아니하고
좌우측으로 도로를 개설해 주니,
지나가는 행인에게 안전으로 보답하자.

수종 회화나무
수령 188년(2018년 기준)
위치 사하구 구평동 207-1(감천항로)
높이 13m
둘레 2.5m
보호수 지정연도 1980년 12월 8일

감천동, 보성냉장 앞

팽나무

멋진 곳에 터를 잡고
마을주민 애지중지(愛之重之)하니
무럭무럭 자라서 좋은 기운 보내야지.

수종 팽나무
수령 388년(2018년 기준)
위치 사하구 감천동 140-2
높이 15m
둘레 2.5m
보호수 지정연도 1980년 12월 8일

함께 걸으면 들리는 **부산나무의 감성스토리**

감천동

느티나무

이곳이 포구였을까?

당산이 설치되어 마을의 안녕과 풍어를 기원하니.

오늘도 이곳에서 염원을 하네.

수종 느티나무
수령 159년(2018년 기준)
위치 사하구 감천동 234-4(원양로 350)
높이 15m
둘레 2.7m
보호수 지정연도 2009년 10월 1일

함께 걸으면 들리는 부산나무의 감성스토리

서구

-염원

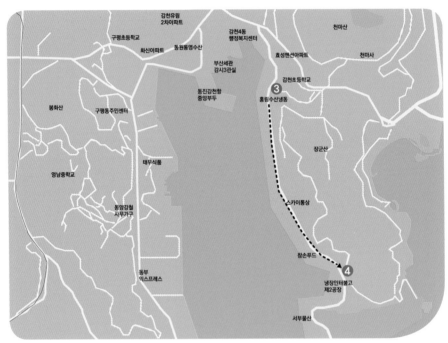

③ 감천 234-4 → ④ 암남동 고목나무집

암남동 고목나무집

팽나무

비나이다.

비나이다.

이렇게 두 손 모아

5대양 6대주로 일자리가 늘어나기를 ......

수종 팽나무
수령 138년(2018년 기준)
위치 서구 암남동 622-55(원양로136)
높이 13m
둘레 4.7m
보호수 지정연도 1980년 12월 8일

맛집 소개

1. 진선
- 업종 : 중식
- 전화 : 051-253-3098
- 주소 : 서구 암남동 621-77
- 메뉴 : 일품요리, 코스요리
- 영업 : 11:00~20:30
- 주차 : 가능(인근 주차장)
- 휴무 : 명절휴무

2. 총각횟집
- 업종 : 횟집
- 전화 : 051-256-8528
- 주소 : 서구 암남동 615번지
- 메뉴 : 멍게비빔밥, 물회, 회비빔밥, 우럭매운탕, 모듬회, 낙지,
  해삼, 멍게, 소라, 전복, 봄(도다리쑥국), 여름(하모회),
  가을(전어), 겨울(대구탕)
- 영업 : 10:00~22:00
- 주차 : 가능
- 휴무 : 둘째, 넷째 수요일

커피전문점 소개

1. 빈스톡
- 업종 : 커피점
- 전화 : 051-243-1239
- 주소 : 서구 암남동 605-13
- 메뉴 : 아메리카노
- 영업 : 11:00~22:00
- 주차 : 공용주차장

2. 휴고
- 업종 : 커피점
- 전화 : 051-256-0258
- 주소 : 서구 서대신동 2가 68-1
- 메뉴 : 아메리카노

수영구
-역사적 의미

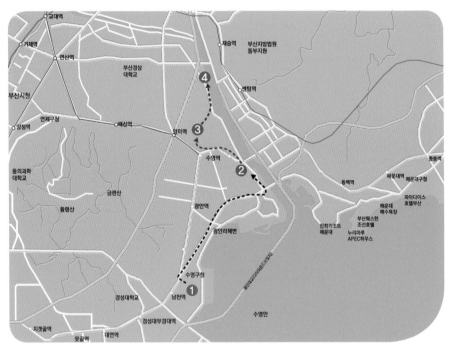

① 남천동 리라아카데미 → ② 민락동 부산센텀포레 왼쪽 → ③ 수영동 119번지 → ④ 수영사적공원 →
⑤ 망미동 산7-2

함께 걸으면 들리는 **부산나무의 감성스토리**

남천동, 리라아카데미 앞

팽나무

400년을 변함없이 그대로 있었건만
40여 년 전 중골산이 절토되어
아파트로 변화하니
남천항과 마을의 흔적은
떠오르지 않는다.

수종 팽나무
수령 104년(2018년 기준)
위치 수영구 남천동 199-1(황령대로 481번길 53)
높이 12m
둘레 1.5m
보호수 지정연도 2014년 12월 31일

민락동, 수영클린센터 위쪽

팽나무

옛 자리에서 이곳으로 이사를 하였으니

한동안 노심초사 안착하기를 기원한다.

인간사가 다 그렇듯이.

수종 팽나무
수령 148년(2018년 기준)
위치 수영구 민락동 335-66(민락수변로 261 위)
높이 8m
둘레 2.4m
보호수 지정연도 1980년 12월 8일

수영동

팽나무

담장 속에 있지만
가을 낙엽 때문에 나를 싫어하니
이젠 가을이 부담스러워진다.

개인이 관리하고 있는 수영동 팽나무

수종 팽나무
수령 188년(2018년 기준)
위치 수영구 수영동 119(구락로 25번가길 19)
높이 15m
둘레 2m
보호수 지정연도 1980년 12월 8일

수영동

곰솔 5

경상좌도수군절도사영(慶尙左道水軍節度使營)에서

'수영(水營)'이라는 지명이 유래하여

그 명칭이 어언 400년이 되었으니

바로 이순신 장군이 문득 생각난다.

그래서인가 이곳에는 갑옷처럼 강한 껍질의

소나무가 우람하게 자라 있다.

'곰솔'이라고 한다.

수종 팽나무
수령 238년
위치 수영구 수영동 229-1(수영성로 43)
높이 13m~16m
둘레 1.2m~2.7m
보호수 지정연도 1980년 12월 8일

보호수

- 수　　종:소나무 · 고유번호 : 2-14-3-1
- 수　　령:200년 · 지정일자 : 1980. 12. 08
- 수　　고:16m · 소 재 지 : 수영동 229-1
- 나무둘레:2.7m · 관 리 자 : 수영농상

수영구

천연기념물 제270호,
하트모양을 연출하는 수영동 곰솔

함께 걸으면 들리는 **부산나무의 감성스토리**

망미동 정과정

팽나무

고려 의종 시절에 김존중(金存中) 일파가
문신 '정서(鄭敍)'를 모함하니
의종이 명하여 '정서'의 유배를 결정하네.

"잠시만 있으면 곧 불러들이겠다." 하였거늘
그 약속은 짧지 않고 시간이 길어지니
정서는 매일같이 망산(望山)에 올라가서
임금님 계신 개경(開京)을 바라보고
큰 절을 올린 후에 잔을 올렸으니
그것에서 유래되어 '배산(背山)' 지명이 되었네.
거문고를 타면서 정과정곡(鄭瓜亭曲)을 불러내니
그 내용이 의미 있고 고려시대 유일의 작사가 있으니
악학궤범, 고려사 권97(열전)이
정과정 유적지와 밀접하니
의미 있는 곳이구나.
팽나무야, 팽나무야!
경암(鏡巖) 바로 옆에 조화롭게 자랐으니
그 가치에 감탄하여 보호수라 불렀구나.

뒤쪽에는 번영로가 지나가고

앞쪽에는 e-편한 세상과 수영강을 마주보고
신호등을 깜박이니
850여 년의 세월이 흘러 흘러서
가장 편안한 곳으로 변했구나.

그래서 그런 것인지
거문고를 타는 선비 모습과 너무도 닮았으며
'오이(瓜)'를 애지중지 키우고 있는
정서의 마음을 고스란히 간직하고 있구나.

바위와 함께 조화를 이루고 있는 망미동 팽나무

수종 팽나무
수령 438년(2018년 기준)
위치 수영구 망미동 산7-2(망미 e-편한세상 202동 맞은편)
높이 12m
흉고 폭 4m
보호수 지정연도 1980년 12월 8일

맛집 소개

1. 전주콩나물국밥
- 업종 : 한식(밥집)
- 전화 : 051-621-8899
- 주소 : 수영구 남천동 3-41
- 메뉴 : 콩나물국밥(얼큰, 담백)
- 영업 : 06:30~24:00
- 주차 : 불가
- 휴무 : 일요일

2. 거창까막국수
- 업종 : 분식, 한식(밥집)
- 전화 : 051-751-4334
- 주소 : 수영구 망미동 405-37
- 메뉴 : 까막(냉)면, 까막온면, 까막비빔면
- 영업 : 10:00~23:00
- 주차 : 가능
- 휴무 : 매주 금요일

3. 곤드레밥 세실맛집
- 한식(밥집)
- 전화 : 051-623-9898
- 주소 : 수영구 남천동 45-11
- 메뉴 : 곤드레밥, 전복밥, 해물파전
- 영업 : 12:00~22:00
- 주차 : 가능
- 휴무 : 매주 일요일

커피전문점 소개

1. 마잘로스터스
- 업종 : 커피점
- 전화 : 051-626-4430
- 주소 : 수영구 남천동 558-6
- 메뉴 : 아메리카노
- 영업 : 11:00~22:30(토·일 11:00~24:00)
- 주차 : 가능
- 휴무 : 연중무휴

2. 테라로사 수영점(F1963)
- 업종 : 커피점
- 전화 : 051-756-1963
- 주소 : 수영구 망미동 475-1
- 메뉴 : 아메리카노
- 영업 : 09:00~21:00
- 주차 : 가능
- 휴무 : 연중무휴

함께 걸으면 들리는 부산나무의 감성스토리

연제구
-혼자 걷는 길

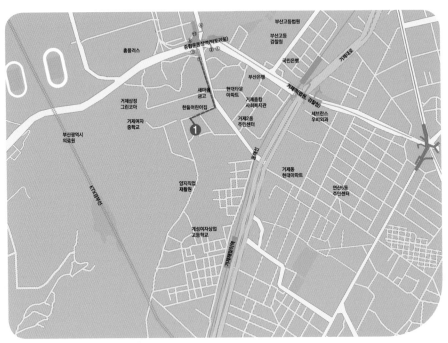

① 거제2동 800번지(불교 조계종 수효사)

함께 걸으면 들리는 **부산나무의 감성스토리**

거제동

소나무

주민들의 도움으로 지금처럼 자라고 있지만
실향민의 애환이 오롯이……
택지개발로 옛 흔적은 아련한 뒤안길로.

수종 소나무
수령 288년(2018년 기준)
위치 연제구 거제동 800(금융로 13번길 18)
높이 16m
둘레 1.2m
보호수 지정연도 1980년 12월 8일

맛집 소개

1. 우리동네 후발대
- 업종 : 한식
- 전화 : 051-868-5845
- 주소 : 연제구 연산동 859-18(연제구 연수로 63)
- 메뉴 : 식사(청국된장·돼지김치찌개·된장라면, 물·비빔냉면),
  단품(차돌박이, 꽃갈비살, 생삼겹, 생목살)
- 영업 : 17:00~23:00
- 주차 : 가능
- 휴무 : 명절 당일

2. 시장손칼국수
- 업종 : 분식
- 전화 : 051-864-8645
- 주소 : 거제시장로 14번길 29(연제구 거제동 486-1)
- 메뉴 : 칼국수, 비빔칼국수
- 영업 : 매일 00:00~24:00
- 주차 : 불가
- 휴무 : 매월 첫째 주 일요일

커피전문점 소개

1. 엠프티
- 업종 : 커피점
- 전화 : 051-862-5667
- 주소 : 연제구 거제동 495-10
- 메뉴 : 아메리카노
- 영업 : 수~토(12:00~21:00), 일요일(12:00~20:00)
- 주차 : 인근 주차가능
- 휴무 : 월요일 및 매월 마지막주 월, 화

2. 카페브루벡
- 업종 : 커피점
- 전화 : 051-867-9199
- 주소 : 연제구 거제동 500-26(거제대로 118번길 4) 1층
- 메뉴 : 아메리카노
- 영업 : 11:00~21:00
- 주차 : 가게 맞은편
- 휴무 : 월요일 휴무

해운대구(1)
-자식의 도리

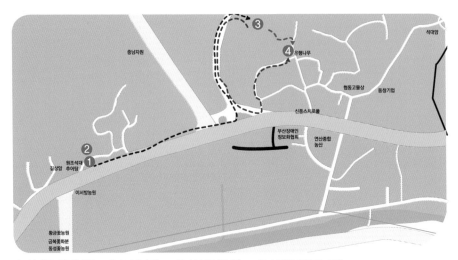

충남자원

석대암

④ 은행나무

협동고물상   동창기업

신풍스치로롤

부산장애인
정보화협회

연산종합
농산

② 느티나무
① 원조석대
길상암   추어탕

이서방농원

황금꽃농원
금복꽃화분
동성꽃농원

③

① 석대동 이팝나무 → ② 느티나무 → ③ 산136(곰솔) → ④ 석대교회(팽나무)

함께 걸으면 들리는 **부산나무의 감성스토리**

⑰ 해운대구(1) 자식의 도리

석대동

이팝나무

가난,
지극 정성으로 어머님을
보필,
쌀이 다 떨어지자,
어머님 그릇엔 흰밥 올리고
자신에겐 이팝나무 꽃을 담아서
밥을 먹는 시늉하니.
눈물, 효심, 감동 그 자체,
언덕에 가지를 내어 힘겹게 위로 뻗고 있으니
그 가지를 받쳐줄 지지대가 없어서야.

수령 338, 꽃송이가 쌀밥처럼 보인다는 석대동 이팝나무

수종 이팝나무
수령 338년(2018년 기준)
위치 해운대구 석대동 468-1(반송로 581-9)
높이 5m
둘레 2.3m
보호수 지정연도 1980년 12월 8일

⑰ 해운대구(1) 자식의 도리

석대동

느티나무

낮은 언덕에 자리를 내어
오가는 사람들에게 고목나무집에서 추어탕을 대령하니
정말로 맛있다고,
연거푸 말한다.

웅장한 석대동 느티나무

수종 느티나무
수령 338년(2018년 기준)
위치 해운대구 석대동 468-1(반송로 581-9)
높이 15m
둘레 4.4m
보호수 지정연도 1980년 12월 8일

석대동

소나무

오래전부터 마을의 터줏대감으로
우뚝 솟아서 망을 보니
나쁜 액운 오지 않고
좋은 기운 들어온다.

수령 288년, 석대동 소나무

수종 소나무
수령 288년(2018년 기준)
위치 해운대구 석대동 산1360
높이 15m
둘레 3.2m
보호수 지정연도 1980년 12월 8일

수령 538년, 석대동 팽나무

석대동

팽나무

외과수술 받으면서 텅 빈 속을 채우니
영락없는 기린이다.
목이 긴 기린처럼
넓고 멀리 보기를

석대동 기린을 닮은 느티나무

수종 팽나무
수령 538년(2018년 기준)
위치 해운대구 석대동 257-1(반송로 617번길 23)
높이 20m
둘레 6.4m
보호수 지정연도 1980년 12월 8일

해운대구(2)

-현대의 뜰

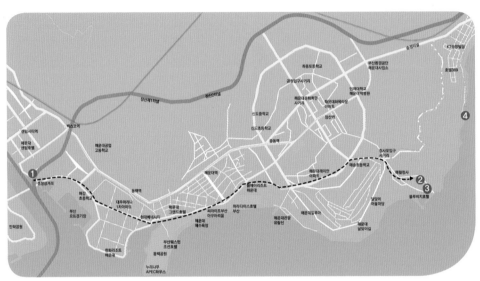

① APEC나루공원 → ② 청사포(중2동 659) → ③ 청사포(중2동 594-1) → ④ 구덕포(틈 건축사무소 뒤편)

　　　　　　　　　함께 걸으면 들리는 **부산나무의 감성스토리**

할배·할매 나무 두 그루가 함께 있는
APEC나루공원의 팽나무

우동, 수영1호교 사거리 부근

팽나무

국가의 대업을 위해 당신의 오랜 터전을 내어주니
산업발전 초석 되어 우리 고장의 해양항만경제 도약하네.
누군가 내 나이를 묻거들랑
이순신 장군과 동갑이라고 말해다오.

오백 년을 사이좋게 오순도순 살아온 탓에
좋은 기운 본받아서 율리마을 화평하니
우리 도리 다하였네.

가덕도 일주하는 신항만 배후산업도로 공사 위해
큰 결심으로 자리를 내어주어
후계목(後繼木)으로 대신하여 숲을 조성하고
그 흔적 보전하여 이야기로 남겨다오.

2010년 3월 시절 좋은 날에
'할배·할매' 이사를 가니
좋은 기운 함께 나눠 이곳저곳 좋아지네.

우리 나이 500살,
밑둥치 지름 1.5m, 높이 20m, 무게 70톤이라.

쉽지 않은 이사 준비로 많은 사람 애를 썼네.
바지선 2대를 대령하고 대형 트레일러와 굴착기, 크레인이 협력하여
가덕도에서 해운대 APEC 나루공원까지
꼬박 25시간을 이동하여 조심조심 식재하니
옮겨진 이곳이 어화둥둥 내 자리이니라.

이사 온 지 2년째에 큰 선물을 안겨주니
부산시민 사랑 듬뿍 ······ 보호수로 지정하네.
어기여차, 어기여차
굳건하게 뿌리내려 활기 있는 모습으로
사랑스런 시민에게 감사마음 전해주세.
어기여차, 어기여차
할배·할매 팽나무가 이리저리 가지 펼쳐
풍성함을 이루노니
한쪽 가지 햇빛 맞아 많은 가지 뻗어내자
이심전심 걱정되어 지지대를 설치하여
내 무게를 지탱하니 바람 부는 날이라도
아무 걱정 없구나!

자손만대(子孫萬代) 번성하여
가덕 후계목 맞이하러 가는 날이 오면
동·서 화합 이뤄지고
웃음꽃이 만발하네.

수종 팽나무
수령 할배나무 506년, 할매나무 306년(2018년 기준)
위치 해운대구 우동 1494(수영강변대로 93)
높이 할배나무 12m / 할매나무 10m
둘레 할배나무 4.5m / 할매나무 4m
보호수 지정연도 2012년 7월 17일

함께 걸으면 들리는 **부산나무의 감성스토리**

중2동

소나무 1

언덕 위에 위태롭게 뿌리를 내리고 있다.

그런데 아무도 관심이 없다.

예전부터 그렇게 있었으니

무관심이 상책일까?

언덕 위의 소나무

수종 소나무
수령 338년(2018년 기준)
위치 해운대구 중 2동 659
높이 15m
둘레 2.8m
보호수 지정연도 1980년 12월 8일

수령 338년 청사포 해안가 소나무

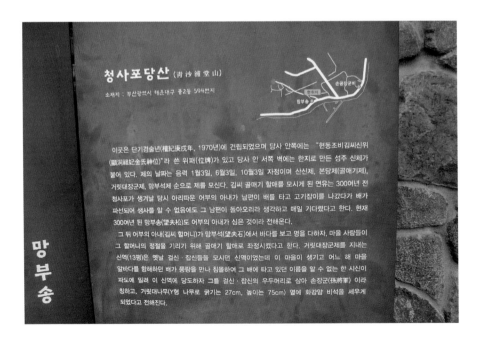

청사포당산 (青沙浦堂山)

소재지 : 부산광역시 해운대구 중2동 594번지

이곳은 단기경술년(檀紀庚戌年, 1970년)에 건립되었으며 당사 안쪽에는 "현동조비김씨신위 (顯洞祖妣金氏神位)"라 쓴 위패(位牌)가 있고 당사 안 서쪽 벽에는 한지로 만든 성주 신체(神體)가 붙어 있다. 제의 날짜는 음력 1월3일, 6월3일, 10월3일 자정이며 산신제, 본당제(골매기제), 거릿대장군제, 망부석제 순으로 제를 모신다. 김씨 골매기 할매를 모시게 된 연유는 300여년 전 청사포가 생겨날 당시 아리따운 어부의 아내가 남편이 배를 타고 고기잡이를 나갔다가 배가 파선되어 생사를 알 수 없음에도 그 남편이 돌아오리라 생각하고 매일 기다렸다고 한다. 현재 300여년 된 망부송(望夫松)도 어부의 아내가 심은 것이라 전해온다.

그 뒤 어부의 아내(김씨 할머니)가 망부석(望夫石)에서 바다를 보고 명을 다하자, 마을 사람들이 그 할머니의 정절을 기리기 위해 골매기 할매로 좌정시켰다고 한다. 거릿대장군제를 지내는 신역(13평)은 옛날 걸신·잡신들을 모시던 신역이었는데 이 마을이 생기고 어느 해 마을 앞바다를 향해하던 배가 풍랑을 만나 침몰하여 그 배에 타고 있던 이름을 알 수 없는 한 시신이 파도에 밀려 이 신역에 당도하자 그를 걸신·잡신의 우두머리로 삼아 손장군(孫將軍)이라 칭하고, 거릿대나무(Y형 나무로 굵기는 27cm, 높이는 75cm) 옆에 화강암 비석을 세우게 되었다고 전해진다.

망부송

함께 걸으면 들리는 **부산나무의 감성스토리**

중2동, 청사포 해안가

소나무 2

어찌하여 이곳에 저런 소나무가 자랐을까?

고기잡이 하는 남편
우리 가족 생각해서 큰 바다로 나갔으니
풍랑일까 걱정일세!
바람 불지 말아다오.

하루, 이틀, 사흘, 나흘 · · · · · ·
기다리고 기다려도 남편 소식 영영 없자.
그 자리에 굳어져서 소나무로 변했으니
망부송(望夫松)을 향해
마을주민 모두 모여 두 손 모아 간절히 기원하니

마을의 수호신도 우리 마음 헤아려서
무사고를 안겨준다.

300여 년 세월 흘러,
둘레는 2.9m, 높이는 15m에 이르자.
1980년에 보호수로 지정히어
마을주민 공동으로 이곳저곳 살펴주니

황희 정승 따로 없네, 내가 바로 정승이다.

아이쿠, 어찌할까?
2009년에 해송(海松) 소동 벌어졌네.
해송 가지가 잘려나가자,
보던 주민 안타까워
관공서에 신고하니
한 주민이 가지는 모송(母松)과 관계없다 말하지만
모든 주민 하나같이 동일함을 주장하네.

시시비비(是是非非) 가리려면
DNA 유전자 감식 필요하다 과학수사 요청하네.

산림법을 떠나서
애지중지 관리하세.
청사포의 당산목에
4차 산업 접목하고
잘려나간 해송 뿌리와 모송(母松) 뿌리가
하나임을 밝혀내어
관리 · 보전을 철저히 하여
청사포의 안녕과
이곳 찾는 모든 이들의
무한 행복 기원하세.

청사포 망부송(望夫松) 소나무

수종 소나무
수령 338년(2018년 기준)
위치 해운대구 중 2동 594-1
높이 15m
둘레 2.9m
보호수 지정연도 1980년 12월 8일

송정동

곰솔

마을의 안녕을 위하여

옆으로 뻗고 뻗어서 용처럼 변했구나.

'거릿대 나무', '장군나무'라고 불러다오.

수령 318년, 용(龍)의 모습을 닮은 송정동 곰솔

수종 소나무
수령 318년(2018년 기준)
위치 해운대구 송정동 834(틈 건축사무소 뒷편)
높이 3.7m
둘레 2.4m
보호수 지정연도 2000년 6월 26일

맛집 소개

1. 풍년곱창
- 업종 : 고깃집
- 전화 : 051-743-9289
- 주소 : 해운대구 중1동 1276-7
- 메뉴 : 원조곱창, 초벌구이
- 영업 : 17:00~익일 02:00
- 주차 : 불가
- 휴무 : 연중무휴

2. 시바라구
- 업종 : 일식(횟집)
- 전화 : 051-742-5006
- 주소 : 해운대구 우동 1460 센텀티타워 2층
- 메뉴 : 타코와사비, 참치다다키, 숙주 돼지볶음, 게살치즈계란말이, 점심특선 수제돈까스, 규 스테이크
- 영업 : 11:00~익일 01:30
- 주차 : 가능
- 휴무 : 일요일

3. 태백산 칠백고지
- 업종 : 한식(밥집)
- 전화 : 051-742-7008
- 주소 : 해운대구 우동 1488 대우월드 마크센텀 2018호
- 메뉴 : 약선곤드레돌솥밥, 약선비빔냉면, 곤드레비빔밥, 약선오리백숙
- 영업 : 11:30~23:00
- 주차 : 가능
- 휴무 : 명절당일

4. 고목나무집
- 업종 : 한식(밥집)
- 전화 : 051-522-2392
- 주소 : 해운대구 석대동 461
- 메뉴 : 돌솥밥, 추어탕, 가오리찜, 파전
- 영업 : 11:00~23:45
- 주차 : 가능
- 휴무 : 둘째, 넷째 수요일

커피전문점
소개

1. 비니빈
- 커피점(빵집, 기타)
- 전화 : 051-704-9030
- 주소 : 해운대구 송정동 86-2
- 메뉴 : 더치커피, 핸드드립커피, 아메리카노
- 영업 : 10:00~21:00
- 주차 : 가능
- 휴무 : 연중무휴

2. 설설술술
- 업종 : 커피점(빵집, 기타)
- 전화 : 051-747-6211
- 주소 : 해운대구 중동 1392-26 엘리시아 빌딩 5층
- 메뉴 : 눈꽃팥빙수, 눈꽃흑임자빙수, 오레오 초코 빙수,
  오미자눈막걸리, 산양산삼 빙수
- 영업 : 24시간
- 주차 : 가능
- 휴무 : 연중무휴

3. 해오라비커피
- 업종 : 커피점(빵집, 기타)
- 전화 : 051-742-1253
- 주소 : 해운대구 우동 514-2
- 메뉴 : 아메리카노

4. 레이크 커피바
- 업종 : 커피점(빵집, 기타)
- 주소 : 해운대구 우동 517-12
- 메뉴 : 아메리카노
- 영업 : 10:00~22:00
- 주차 : 가능
- 휴무 : 월요일

나무스토리

-새로운 만남

① 강서구 산양마을, 팽나무와 느티나무

강서구 녹산동

강서구는 신석기시대부터 인간이 거주하였으며 삼각주 평야가 가야문화의 바탕이 되었다. 삼한시대에는 변한 12소국 중 구사국이었으며, 서기 42년에 9간이 수로왕을 받들어 가락국을 건국한 이래 532년(법흥왕 19년)에 10대 왕인 구형왕이 항복하여 신라에 병합되면서 금관군이 되고, 통일신라시대인 630년(문무왕 25년)에는 금관소경에 속하였다. 그 이후 1898년(광무 2년)에 처음으로 김해군 18개 면의 일부로 녹산면과 명지면이 등장하게 된다.

산양사 팽나무

하단 지하철역 3번 출구에서 버스정류장으로 이동하여 58번 시내버스를 타고 20여 분 이동하여 산양마을에서 내린 후, 산양마을에서 용원방향(우측)으로 150미터를 걸어가면 도로 하단부에 남쪽으로 통로가 있다. 좌우측에는 지금도 논농사를 짓고 있으며 이곳에 물을 대기 위한 실개천이 길 우측으로 펼쳐져서 산양사 절 앞으로 흐르고 있는데 평상시 수심은 얇은 편이다. 이 개울에는 '외래종 가시박'이 진을 친 나머지, 토종 수초와 억새풀은 제대로 힘을 쓰지 못하는 모습이 못내 아쉽다. 200여 미터를 걷다 보면 소규모 운동기구를 접할 수 있고 바로 옆에 산양사가 위치하고 있다. 산양사는 부산광역시 강서구 녹산동 730번지(낙동남로 456번길 50번지)에 위치하고 있으며, 바로 이곳에 '산양사 팽나무'로 불리는 보호수가 우람한 자태를 뽐내고 있다. 이 팽나무[15]의 수령은 296년쯤 되었으며, 보호수로 1982년 11월 10일에 지정되면서 '2-12-6-1'이라는 고유번호를 가지고 있다. 나무의 높이는 15m, 나무 밑부분 둘레는 1.8m(흉고부분 둘레 6.1m)이고 관리자는 '산양마을'로 소개되고 있다.

---

15) 보호수로 지정되어 있는 팽나무는 강서구의 구목(區木)에 해당된다.

산양사 팽나무의 외양

보호수로 지정되어 있는 산양사 팽나무 바로 아래에는 당제를 지내는 데 필요한 제례용품을 보관하기 위한 제당이 위치하고 있으며, 제당을 중심으로 보호수 반대편에는 보호수로 지정되어 있는 팽나무와 굵기 및 수령이 유사한 팽나무가 고사하여 밑부분만 남아 있다. 그리고 고사한 팽나무 바로 앞에서 수령 50여 년으로 보이는 팽나무가 새롭게 자라고 있다. 보호수인 산양사 팽나무는 땅에서부터 비스듬하게 남쪽을 향해서 2미터 정도 성장하다가 두 갈래로 나뉘어 있으며, 한 가지는 곧게 위로 성장하여 제일 높게 자라고, 다른 한 가지는 남쪽 방향으로 자라면서 옆으로 힘차게 가지를 펼치면서 산양사 방향으로 향하고 있다. 참으로 자연의 위대한 힘이 스며 있다.

산양사 팽나무의 전설

보호수 팽나무는 제당을 가운데 두고 할배·할매나무로 불리는 당산나무로 전해지고 있는데, 할배·할매나무 사이의 땅을 파보니 땅속에 피가 흐른 흔적이 발견되었는데, 그 이유는 할배 당산나무와 할매 당산나무의 혈맥이 서로 연결되어 있기 때문이라고 한다. 또 다른 전설은 옛날에 어떤 사람이 두 당산나무 사이에 있는 바위 깨는 작업을 한 뒤 피를 토하고 죽었는데 그 이유가 바로 당산나무가 노하여 천벌을 내렸기 때문이라고 한다. 팽나무 바로 동쪽에는 단거리 육상 스타트 자세와 흡사하게 나무의 윗가지가 땅과 마주하고 있는데, 보호수 팽나무의 굵은 가지 하나가 벼락을 맞아서 부러진 것이 자라나면서 가지가 땅을 짚고 있는 것처럼 특이한 모습을 보여주고 있다. 이 팽나무의 윗부분이 썩어가면서 2007년에 외과수술을 받았다고 한다. 이 쓰러진 나무가 과거에는 어린이들의 놀이기구였으나 오늘날은 나무로 인해 드리워진 그늘 덕분에 마을주민들이 밑에서 시원하게 휴식을 취한다고 한다. 특이한 모습의 팽나무에는 남근(男根)과 여근(女根) 형태가 나타난 것이 특징이다.

산양사 팽나무와 당제

녹산동 산양 당산은 1970년경에 건립된 것으로 산양사 바로 앞 팽나무 보호수 바로 아래에 위치하고 있다.

제당은 건평 3.5평(앞면 381㎝, 옆면 301㎝)이며, 좌향은 남남동향의 벽은 블록을 쌓아 시멘트로 마감하여 지붕은 기와로 마감을 하였다. 주된 문은 미닫이 알루미늄틀 속에 유리로 된 두 짝이 있으며, 벽면에는 적은 유리문이 좌우측으로 각 1개씩 설치되어 있다. 제단은 직사각형 제단(앞면 363㎝, 옆면폭 59.5㎝, 높이 63㎝)이고, 제단 위 12.5㎝의 벽에 당산할배도와 당산할매도(가로 172㎝, 세로 123㎝)가 부착되어 있으며, 촛대 2개, 향호 1개, 정화수 담는 그릇 2개가 제단 위에 놓여 있다.

제관의 경우 1970년 이전까지는 마을회의에서 선정하였으나 제당을 이전 개축한 후로는 제당이 개인 소유가 되었으므로 소유주가 제주가 된다. 당제는 음력 정월 14일 밤 자정 무렵이며, 연 1회인데 최근에는 정월 보름부터 3일간 기도를 한다. 제물은 돼지머리를 제수로 반드시 사용하며, 그것 외에는 일반 가정의 기제사와 유사하고, 불교의 산신제 형식이 일부 가미되어 있다. 제의 순서는 산신제, 당산제, 용왕제의 순서였으나 요즘은 산신제와 당산제를 합사하여 지내고 있으며, 용왕제는 지내지 않고 있다. 용왕제를 지낼 당시에는 마을주민들이 갹출하여 제비를 마련하였으나 지금은 당산 소유주가 부담하고 있다. 새마을 운동으로 인해 제당을 없애자고 한 적이 있었는데, 그때 주동자는 즉사하고 마음의 젊은이들이 죽거나 미치는 일이 많아 다시 현재의 위치에 제당을 지은 후부터는 마을에 재앙이 더 이상 발생하지 않았다고 한다.

산양마을 느티나무

강서구 녹산동 1091번지 산양마을 뒤편 언덕 위에 300년 수령의 느티나무가 1989년 12월 20일에 보호수로 지정되면서 '2-12-1-1'이라는 고유번호를 받게 되었다.

수고는 12m, 나무 둘레는 8m인데, 옛날에 선비가 이곳으로 지나가다가 네 그루를 심었는데, 세 그루는 고사하고 한 그루만 지금처럼 굳건히 자라고 있다고 한다. 그래서 옛날에는 네 그루가 있어서 4대 나무라고 불렀다고 전한다.

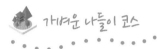
가벼운 나들이 코스

○ 산양사(팽나무)~ 산양마을(느티나무)~ 가덕도 연대봉

○ 산양사(팽나무)~ 산양마을(느티나무)~ 가덕도 등대

○ 을숙도~ 산양사(팽나무)~ 산양마을(느티나무)~ 주포[16](허황후 도착지)

주변 관광자원

○ **문화재:** 낙동강 하구 철새도래지, 범방동 삼층석탑, 가덕도 등대, 목조각장, 가덕도 천성진성, 가덕도 척화비, 가덕도 동백군생지, 생곡동 가달고분군, 범방동 패총, 죽림동 김해죽도왜성, 망산도·유주암, 청량사 석가모니후불탱, 용적사 독성도

○ **비지정 문화재:** 가덕도 천성 봉수대, 녹산 성화예산 봉수대, 가덕진성, 금단곶 보성지, 녹산동 노적봉, 가덕도 성북왜성·눌차왜성·외양포 패총·대항 패총, 강동 북정 패총, 녹산 분절 패총·장락 패총, 가덕도 두문지석묘, 녹산 분절 지석묘, 가덕도 성부 고분, 녹산 송정동 고분·명월사지·수참 왜관, 가락 대변청(待變廳) 터, 가락 해창(海創) 터, 가락 금파정(金波亭) 터, 가덕도 조선시대 병기공장 곳집, 가덕도 선창 병기 창고, 녹산 옥포 토기 산포지(土器 散布地), 가락 산태방 둑, 생곡 형제 순교자 묘

---

16) 주포마을은 허황후(가야국 김수로왕의 비)가 처음으로 인도에서 배를 타고 와서 배를 댔던 곳으로, 그 옆마을인 옥포(玉浦)는 황옥(黃玉)의 '玉'자에서 玉浦란 지명이 유래된 것으로 전해지고 있음.

○ **전적지:** 이순신 장군 전적비(강서구 녹산동 제2수문 옆), 이순신 전적비(강서구 천성동 천성진성 내), 가덕도 대항 인공 동굴(강서구 대항동 새바지 마을 해안)

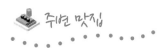 주변 맛집

○ **황토방 가는 길**

 - 부산광역시 강서구 845-2

 - ☎ 051-972-1133

 - 특징: 추어탕, 소머리 수육

○ **장룡수산**

 - 부산광역시 강서구 녹산동 10-1

 - ☎ 051-971-8077

 - 특징: 민물장어숯불구이

○ **용장어요리전문점**

 - 부산광역시 강서구 녹산동 97-20

 - ☎ 051-941-5030

 - 특징: 일본식 민물장어양념구이

② 금정구 범어사, 은행나무와 등나무군락

범어사 유래

범어사(梵魚寺)의 명칭은 『동국여지승람(東國輿地勝覽)』에서 "금정산은 동래현의 북쪽으로 8km쯤에 위치하고 있다. 금정산 산 정상에 사람 15m 높이의 큰 바위가 있으며, 그 바위 위에 우물이 있는데, 그 둘레는 3m이며, 깊이는 21cm로 소개되고 있다. 이곳에는 아무리 가물어도 물이 마르지 않고 가득 차 있으며, 그 빛은 황금색을 띠고 있다고 하여 '금샘(金井)'으로 부르게 되었다. 한 마리의 금빛 물고기가 오색구름을 타고 하늘(梵天)에서 내려와 그 우물 속에서 놀았다고 하여 '금정(金井)'이라는 산 이름과 '하늘나라의 고기'를 의미하는 '범어(梵魚)'를 따서 금정산의 범어사(金井山 梵魚寺)가 유래하였다"라는 전설이 전해진다.

범어사 창건 설화

범어사의 창건에 대해서는 약간의 다른 이야기가 있으나 가장 일반적인 것은 신라 문무왕 18년(서기 678년) 의상(義湘)대사에 의해서다. 문무왕 10년(670년) 의상대사가 당나라로부터 공부를 마치고 귀국하여 창건되었다는 것이다. 국민들을 화엄사상(華嚴思想)으로 교화하기 위하여 전국에 세운 화엄 10대 사찰 중의 하나로 문무왕 18년에 창건되었다는 것이다. 옛 기록에 의한 창건의 연기(緣起)는 다음과 같다: 일찍이 바다 동쪽 왜인(矮人) 10만 명이 병선(兵船)을 타고 와서 신라를 침략하려 하였다. 이에 대왕이 근심과 걱정으로 나날을 보내게 되었는데, 문득 꿈에 신인(神人)이 나타나서 말하기를, "정성스러운 대왕이시여, 근심하지 마십시오. 태백산 산중에 의상이라고 하는 큰스님이 계시는데 진실로 금산보개여래(金山寶蓋如來)의 제7후신(第七後身)입니다. 항상 성스러운 대중 1천명, 범부 대중 1천 명과 신중(神衆) 1천 명, 모두 3천 명의 대중을 거느리고 화엄의리(華嚴義理) 법문을 연설하며, 화엄신중과 사십법체(四十法體) 그리고 여러 신과 천왕이 항상 떠나지 않고 수행합니다. 또 동쪽 해변에 금정산이 있고 그 산정에 높이 15m나 되는 바위가 우뚝 솟아 있는데 그 바위 위에 우물이 있고 그 우물은 항상 금빛이며 사시사철 언제나 가득 차서 마르지 않고 그 우물에는 범천(梵天)으로부터 오색구름을 타고 온 금빛 고기가 헤엄치며 놀고 있습니다. 대왕께서는 의상스님을 맞이하여 함께 그 산의 금정암 아래로 가셔서 7일 밤낮으로 화엄 신중을 독송하면 그 정성에 따라 미륵여래가 금색신(金色身)으로 화현(化現)하고 사방의 천왕이 각각 병기를 가지고 몸을 나타내어 보현보살, 문수보살, 향화동자, 40법체(四十法體) 등 여러 신과 천왕들을 거느리고 동해에 가서 제압하여 왜병들이 자연히 물러갈 것입니다. 그러나 후대에 한 법사가 계속해서 이어가지 않는다면 왜적들이 사방에서 일어나 병사가 바위에서 또한 울고 있을 것입니다.

만약 화엄 정진을 한다면 자손이 끊어지지 않고 전쟁이 영원히 없을 것입니다.”라고 말한 후 바로 신인(神人)은 사라졌다. 왕은 놀라 깨어났고, 아침이 되자 여러 신하들을 모아 놓고 꿈 이야기를 하였다. 이에 사신을 보내어 의상스님을 맞아오게 하였다. 왕은 의상스님과 함께 친히 금정산으로 가서 7일 밤낮 한마음으로 독경을 하였다. 이에 땅이 크게 진동하면서 여러 부처님과 천왕과 신중 그리고 문수동자 등이 각각 홀연히 현신(現身)하여 모두 병기를 가지고서 동해에 가서 왜적에게 활을 쏘고 창을 휘두르면서 토벌을 하자, 갑자기 모래와 돌이 비 오듯 휘날렸다. 또한 바람을 주관하는 신은 부채로 흑풍(黑風)을 일으키니 병화(兵火)가 하늘에 넘치고 파도가 땅을 뒤흔들었다. 그러자 왜적들의 배는 서로 공격하여 모든 병사가 빠져죽고 살아남은 자가 없었다. 대승을 거두고 돌아온 왕은 크게 기뻐하여 드디어 의상스님을 예공대사(銳公大師)로 봉하고 금정산 아래에 큰절을 세우게 되었다는 것이 범어사 창건의 유래이다. 이와 같이 신인의 현몽(現夢)에 의하여 창건된 신라 당시의 범어사 규모는 대단히 컸으며, 미륵전(彌勒殿), 대장전(大藏殿), 비로전(毘盧殿), 천왕신전(天王神殿), 유성전(流星殿), 종루(鐘樓), 식당(食堂), 강전(講殿), 목욕원(沐浴院), 철당(鐵幢) 등이 별처럼 늘어지고 요사(寮舍) 360방이 양쪽 계곡에 들어섰으며, 사찰 소유의 토지가 360결[17]이고 소속된 노비가 100여 호로서 국가적으로 명성 있는 명실상부한 큰 사찰이 되었다.

오늘날 범어사는 대한불교 조계종 제14교구 본산으로 130여 개의 말사와 청련암, 내원암, 계명암, 대성암, 금강암, 안양암, 미륵암, 원효암, 사자암 등 11개의 산내 암자를 두고 있는 선찰대본산(禪刹大本山)[18]이다.

범어사 은행나무

'부산광역시 녹지보전 및 녹화추진에 관한 조례'에 따라 수형이 아름다운 나무, 희귀나무, 대형목 등 보호할 가치가 있을 경우 보호수로 지정하여 관리하도록 규정하고 있는데, 범어사 은행나무는 공양간 앞에 위치하고 있으며 수령은 580년, 높이 25m, 둘레 6.6m이고, 고유번호는 2-11-16-0-1이며 1980년 12월 8일 부산광역시 보호수로 지정되었다. 은행(銀杏)나무 열매는 살구와 비슷하게 생겼다고 하여 살구 행(杏)자와 종자는 은처럼 희다 하여 은(銀)자를 합하여 '은행'이라 불렀다고 한다. 지구상에서 가장 오랜 시간 자라기 때문에 강인한 생명력을 자랑한다. 은행열매는 볶거나 익혀서 하루에 5~6개를 먹으면 성인병 예방에 도움이 된다고 한다. 또한 은행잎은 공기를 맑게 하고 해충을 막아주기 때문에 가로수로 많이 심게 되었다고 전한다. 범어사 은행나무는 임진왜란 이후 노승 묘전 스님이 어느 부잣집에서 이식해 와서 이곳에 심었다고 한다. 그러나 한동안 은행이 열리지 않자 300년 전에 사찰의 맞은편에 수나무 한 그루를 심었더니 그 이후부터 매년 은행이 30여 포대 열린다고 한다. 하지만 1990년에 한 스님이 은행나무 속에 서식하고 있는 땅벌을 없애기 위하여 연기를 피우는 과정에서 나무에 불이 붙게 되어 은행나무 속이 일부 탔다고 한다. 그 결과 내부가 움푹 파여 있고, 지금은 외과수술을 받아 잘 자라고 있다고 한다. 범어사 은행나무 몸통부

---

17) 1결은 4두(斗)를 생산할 수 있는 면적으로 토지에 따라 면적이 다름.
18) 참선을 주장하는 사찰 가운데 가장 중심이 되는 곳을 의미.

분의 형상은 파리 에펠탑이나 경주의 첨성대와 매우 흡사한 모양이다. 예로부터 은행나무는 정화작용과 약리효과가 있는 관계로 생활주변의 가로수로 활용되었으며, 은행나무로 도마와 교자상 등을 많이 만들어 사용하였다. 또한 범어사 은행나무는 가을이 되면 노랗게 물이 들면서 주변의 풍광과 어우러져 범어사의 운치를 한껏 자아내곤 한다.

범어사 등나무군락

부산광역시 금정구 청룡동 산2-1번지 일원에 자생하고 있는 등나무군락은 천연기념물 제176호로 면적 약 65,502㎡가 1966년 1월 13일에 지정되었다. 등나무는 콩과에 속하는 낙엽 덩굴성 식물로 봄에 보랏빛 꽃을 피우며, 줄기는 오른쪽으로 꼬여 감으며 10m 이상 자라게 된다. 우리나라에는 남쪽에서 주로 자라는 '애기 등나무'종과 전국적으로 퍼져 있는 '등나무' 등 2종이 자생하고 있으며, 주로 정원수, 환경미화용 등 조경의 소재로 많이 쓰이고 있다. 범어사 등나무군락이 천연기념물로 지정된 이유는 등나무가 집단적으로 자생하고 있다는 점에서 생태학적으로 연구의 가치가 높은 것으로 평가되기 때문이다.

등나무는 덩굴이 길게 뻗어가면서 다른 나무의 줄기를 타고 올라가서 그 나무를 휘감게 된다. 등나무가 집단을 이루어 자생하는 것은 정말 희귀한 일이다. 5월 초순이면 등나무에 예쁜 꽃이 주렁주렁 열리게 되는데, 화사하게 피어난 모습이 마치 뭉게구름이 피어오르는 것과 닮았다고 하여 이 계곡을 등운곡(藤雲谷)으로 부르기도 한다. 현재 이 계곡에는 약 6,500여 그루의 등나무가 자생하는 것으로 추정되며, 언제부터 이곳에 등나무가 자라기 시작하였는지 정확하게 알 수는 없으나, 오래된 등나무는 그 수령을 100년 정도로 보고 있다. 등나무 껍질은 닥나무를 대신하여 한지의 원료로도 사용하였기 때문에 오래전부터 범어사 스님들은 등나무를 잘 보호해 온 것으로 추측하고 있다. 하지만 등나무를 이용하여 종이를 만들기 위해 등나무를 간간이 베어버리게 되면서 최고 수령이 100년 정도인 것으로 보고 있다. 수령 100년 정도의 등나무는 둘레가 140㎝이고, 길이는 15m 정도이다. 등나무는 다른 나무를 감아서 자라기 때문에 옛 선비들은 등나무의 이러한 성질을 싫어하여 집안에는 잘 심지 않았다고 한다. 활짝 핀 등나무 꽃을 자세히 보면 마치 하늘에서 선녀가 날개를 저으면서 내려오는 것처럼 보이며, 꽃이 막 피기 직전의 꽃봉오리는 등나무에 수많은 복주머니가 매달린 것처럼 신비감을 더해준다. 범어사 등나무군락지에는 등나무 외에도 약 280여 종의 나무와 희귀식물이 자생하고 있어서 금방이라도 타잔이 '아아- 아~아~아' 하고 외치면서 등나무 줄기를 타고 나타날 것만 같다.

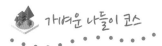 가벼운 나들이 코스

○ 범어사역~ 범어사 등나무군락~ 범어사~ 북문~ 고당봉(801m)
○ 범어사역~ 범어사 등나무군락~ 범어사~ 북문~ 동문~ 산성마을
○ 범어사역~ 범어사 등나무군락~ 범어사~ 북문~ 동문~ 남문~ 케이블카
   (하산)

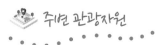 주변 관광자원

○ **대웅전(보물 제434호)**

 - 범어사 대웅전(梵魚寺大雄殿)은 조선 중기의 건물로서 정면 3칸, 측면 3칸의 다포(多包) 양식이고, 지붕은 맞배지붕으로 되어 있어 측면에는 공포(짜임새)를 배치하지 않았다. 그 대신 측면에는 고주(高柱)를 2개 세워 중종량(中宗樑)을 받치게 하였으며, 그 위에는 또 종량(宗樑)이 있는데 박공머리에는 방풍판(防風板)을 달았다. 공포는 외삼출목(外三出目), 내사출목(內四出目)으로서 내부 살미첨자는 대량(大樑)을 받친 최선단(最先端) 부분만이 양봉(樑奉)과 같

은 형태를 이루고 있다. 내부는 2개의 옥내주(屋內柱) 사이에 후불벽(後佛壁)을 치고, 그 앞면에는 옆으로 긴 불단이 건물의 중앙까지 차지하고 있으며, 그 위에는 석가여래를 비롯한 3체(體)의 불상이 나란히 안치되어 있다. 현재의 범어사 대웅전 건물은 1614년(광해군 6)에 묘전화상이 건립하였고, 1713년(숙종 39)에 흥보화상이 다시 수리하였으며, 1966년 정부에서 보물로 지정하게 되면서 역사성을 감안하여 1969~70년 사이에 보수공사를 하였다. 이 건물의 규모는 그다지 크지 않지만 기둥의 두공과 처마의 구조가 섬세하고 아름다워 조선시대 중기 불교건물의 좋은 본보기로서 정면의 아담한 교감과 다포양식의 섬세함으로 인해 부산 지방에 소재한 목조건축물 중에서 가치가 있는 건물로 평가되고 있다.

○ 삼층석탑(보물 제250호)

- 신라 말기(9세기경)에 화강석으로 만든 석탑으로 높이는 4m이고 이중 기단 위의 3층 석탑으로 탑신에 비해 기단의 높이가 두드러지며, 1층 탑신이 2층 탑신의 배가 넘는 특이한 형태를 취하고 있다. 경주 불국사의 석가탑과 같은 계열의 탑이다. 기단 면석(面石) 상하에 탱주(撑柱)를 대신하여 안상(眼象)을 새겨 넣은 점이 특이하다. 옥개(屋蓋)는 평박(平薄)하고 층급(層級)받침은 4단이다. 또한 기단 밑에 1단의 석단(石段)이 후보(後補)되어 탑신에 비하여 기단의 높이가 두드러진다. 상륜부(相輪部)는 노반(露盤)이 도치(倒置)되어 있고 그 위에 후보(後補)한 보주(寶珠)가 있을 뿐, 다른 부분은 없어졌다. 《범어사사적기(梵魚寺事蹟記)》에 따르면 이 탑엔 신라 흥덕왕(興德王)이 기록되어 있다.

○ 삼국유사 (보물 제419-3호)

- 이 책은 서문과 발문이 없으나 서울대학교 규장각에 소장되어 있는 완질본과 동일한 판본으로 생각되며, 규장각 소장본 발문의 기록으로 보아 1512년(중종

7) 경주에서 개판된 것으로 추측된다.《삼국유사》는 고려 충렬왕 때 보각국사 일연이 고구려, 신라, 백제의 기록들을 모아 편찬한 책으로 삼국의 역사뿐 아니라 단군조선, 기자조선, 위만조선, 삼한, 후백제, 발해, 가락(가야) 등의 역사를 수록하고 있다. 범어사에서 소장하고 있는《삼국유사》권 4-5는 간간이 보판(補板)이 있는 점으로 보아 중종 7년에 간행된 것으로 보인다. 그러나 동일한 판본 중 1책이 보물로 지정되어 있고, 그 이유는 태조 3년 간본의 형태를 살필 수 있다는 점, 임진왜란 이전에 개판되었다는 점, 그리고 이 간본 중 전해 오는 것이 몇 종 안 되는 귀중본이라는 점 등으로 볼 때 서지학적인 측면뿐 아니라 문화재적 측면에서 가치가 있는 뛰어난 사료로 평가되고 있다.

○ **범어사 조계문(보물 제1461호)**

- 범어사 일주문인 조계문은 범어사에 처음 들어서면 만나는 문으로 모든 법과 진리가 모두 갖추어져 일체가 통한다는 법리가 담겨 있어 일명 삼해탈문(三解脫門)이라 부르기도 하는데, 사찰건물의 기본 배치로 보아 사찰 경내에 들어갈 때 먼저 지나야 하는 문이다. 일반적으로 건물을 지을 때 건물의 안정을 위해 네 귀퉁이에 기둥을 세우지만, 범어사 일주문인 조계문은 기둥이 일렬로 나란히 늘어선 것이 특징이다. 다른 일주문의 경우에는 다릿발을 설치하여 지하에 묻음으로써 기둥을 고정시키고, 옆으로 기울어지는 것을 방지하기 위해 하인판(下引板)을 놓았는 데 비하여, 범어사 일주문은 일렬로 된 4개의 높은 초석(건물 기둥을 받치기 위해 놓은 받침돌) 위에 짧은 기둥을 세워 다포(多包)의 포작(包作)과 겹처마로 인해 많은 중량을 가진 지붕을 올려놓음으로써 스스로의 무게로 지탱케 하는 역학적인 구조를 지니고 있다. 그러나 1641년 묘전화상(妙全和尙)이 대웅전, 관음전(觀音澱), 나한전(羅漢澱) 등을 세우고 사찰의 면모를 가다듬기 위하여 일주문을 지을 때는 다른 일주문과 같이 교각(橋脚)이 사용된 것으로 짐작되며 숙종 44년(1718) 명흡대사가 석주로 바꾸고 정조 5

년(1781) 백암선사가 현재의 건물을 중수하였다고 한다. 이러한 사실은 평판(平板)에 귓기둥을 고정시킨 흔적이 남아 있는 점과 1718년에 명흡대사(明洽大師)가 돌기둥으로 바꾸었다는 기록 등으로 알 수 있다. 삼문으로 처리하고 높은 주초석 위에 짧은 기둥을 세운 점 등은 특이한 수법이다. 시주들이 들어올 때 접하는 문으로 처음 합창을 여기서 행한다. 정면 3칸 규모의 맞배지붕, 겹처마, 다포양식의 건물로 기둥과 기둥 사이에 공포가 각 일구씩 배치된 다포양식의 맞배집으로서 옛 목조건물의 건축공법을 연구하는 데 좋은 자료가 되고 있다.

○ **범어사 성보박물관**

- 범어사 성보박물관(聖寶博物館)은 2003년 3월 26일에 개관하였는데, 전시실 108평, 수장고 및 학예실 50여 평을 갖춘 지상 1층, 지하 1층으로 구성된 규모로, 이곳에는 조선 후기 불화 20여 점, '공덕이 높은 스님의 초상화인 진영(眞影)' 50여 점, 전적(典籍) 1천여 종, 경판 27종, 현판 23종과 다양한 불기 및 유물을 소장하고 있다. 또한 이곳에는 국가지정문화재 5점, 지정문화재 54점의 우수한 불교문화재를 소장·관리하고 있다.

주변 맛집

○ **청와장**

  - 부산 금정구 청룡동 435-5

  - ☎ 051-508-3435

  - 특징: 오리불고기, 오리백숙 등

○ **고려해장국**

  - 부산 금정구 청룡동 64-1

  - ☎ 051-529-0026

  - 특징: 감자탕, 콩나물해장국, 다슬기해장국

③ 기장군 장안리, 느티나무(밀레니엄 나무)

기장의 유래와 1300년 느티나무

기장 군정백서에 따르면, 기장(機張)의 옛 이름은 갑화양곡(甲火良谷)이고 別號는 車城이다. 機張은 玉皇上帝의 玉女가 하강하여 베틀(機)을 차려서(張) 비단을 짜고(織錦) 물레질(紡車)을 한 곳(城)이기 때문에 '베틀 機'와 '베풀 張'에서 유래하여 機張으로 하였고, 그 별호를 車城이라 하였다고 한다. 기장은 상고시대 거칠산국(居漆山國) 갑화양곡이라 불리었으며, 505년 신라 지증왕 6년 갑화양곡현(甲火良谷縣)으로 불린 것으로 전해지고 있다. 이곳 '기장군' 관내에는 모두 149루의 보호수가 지정되어 있다. '이 중에서 '밀레니엄 나무'의 나이는 자그마치 수령(水齡)이 1300년에 이른다. 이 나무는 기장군 장안읍 장안리 294번지에 위치하고 있으며, 국내에서 가장 오래된 느티나무로 평가되고 있다.

이 나무는 1978년 8월 12일 기장군 보호수로 지정되었으며, 고유번호는 2-10호이고, 높이는 25m이고 둘레는 8m로 성인 5명이 팔을 펼쳐도 품에 안 들어올 정도로 굵은 편이다. 1999년 12월 28일 산림청에서 느티나무를 '밀레니엄 나무'로 지정하여 보호하고 있으며, 마을주민들은 이 나무를 '1300년 할아버지 느티나무'로 불리기도 한다. 특히 이 느티나무는 2012년도에는 한국민족문화연구소, 부산스토리텔링협의회, 부산관광컨벤션뷰로 공동으로 실시한 '부산의 보물, 기네스 TOP 10'에 선정되는 등 그 가치를 평가받기도 하였다.

느티나무의 전설

이 느티나무는 두 가지의 전설이 전해지고 있는데, 통일신라시대인 654년에 원효대사가 장안사(당시 '雙溪寺')를 창건하시면서 심었다는 전설과 원효대사가 장안사 위쪽에 있는 척판암을 창건할 당시에 문무왕이 인근 지역으로 지나가다가 이곳에 느티나무를 심었다는 이야기도 있다. 그래서 이 나무는 원효대사와 밀접한 관련이 있으며, 대략 654~670년경에 심어진 것으로 추정할 때 이 느티나무의 나이는 대략 1345~1361년에 이른다.

한편 인천 용궁사 느티나무도 기장 장안리 느티나무와 유사한 이야기가 전해지고 있는데, 신라 문무왕 10년인 서기 670년에 원효대사가 용궁사(당시 瞿曇寺)를 세울 당시 한 쌍의 느티나무가 심어진 것으로 보고 있는데, 할배느티나무는 높이 20m, 나무 둘레는 6m쯤으로 그 나이를 1300년으로 추정하고 있다. 일반적으로 남성형의 나무는 중심 줄기가 우뚝 서고 여성형의 나무는 작은 높이에 줄기가 둘로 갈라진 형태가 많은데, 이는 우리 조상들의 성(性)에 대해 신성하게 여기는 의식이 노거수 등에도 깃들어 있음을 보여준다.

느티나무와 당제

일명 '밀레니엄 나무'인 1300년 수령의 느티나무 아래서 매년 정월 대보름과 6월 보름을 맞이하여 하장안 마을주민들이 당제를 지낸다고 한다. 정월 대보름 당제를 지낼 때에는 아무리 날씨가 추워도 냇가에서 목욕재계를 하여 깨끗하고 경건한 마음으로 제례(祭禮)에 임하며, 6월 당제 때는 막걸리 다섯 말을 제당에 올린다고 한다. 하장안 마을 50여 호는 아직도 외지인에게 땅을 매각하지 않고 대부분 자기 땅에서 농사를 짓고 있는데, 그 이유는 이 느티나무가 보살펴주기 때문이라 믿고 있다. '밀레니엄 나무'를 바라보는 순간 나무의 웅장한 자태와 굵은 모습에 감탄을 자아내게 된다. 1999년 산림청 보호수로 지정되어 느티나무에 대한 보호의 필요성이 높아지면서 나무와 접하는 주변을 잘 정비하여 이곳을 찾는 사람들이 편안하고 쾌적하게 나무의 기운을 듬뿍 받을 수 있도록 관리하고 있으며, 나무 주변 논에는 연(蓮)이 자라고 있어서 한여름에는 만발한 연꽃의 아름다움에 이끌리게 된다. 연이 자라는 논두렁에는 표주박, 여주, 수세미 등이 100여 미터의 터널 위에 주렁주렁 열리면 색다른 볼거리를 자아내게 된다.

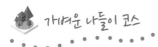

가벼운 나들이 코스

○ 대룡마을 ~ 1300년 느티나무 ~ 장안사 ~ 원효 이야기 숲길
○ 부산 프리미엄 아울렛 ~ 1300년 느티나무 ~ 원효 이야기 숲길
○ 기장향교 ~ 일광해수욕장 ~ 1300년 느티나무 ~ 장안사 ~ 대나무 숲길

주변 관광자원

○ **기장8경:** 달음산, 죽도, 일광해수욕장, 불광산계곡, 홍연폭포, 소학대, 시랑대, 임랑해수욕장
○ **문화재:** 박만정해서암행일기(보물 제574호), 기장 장안사 대웅전(보물 제1771호), 동해안 별신굿(중요무형문화재 제82-가호), 해양조사연보(등록문화재 제554호), 장안사 응진전 석조석가삼존심육나한상(등록문화재 제85호) 외에도 기장군 관내에는 등록문화재 총 11건, 시지정 무형문화재 2건, 시지정 기념물 8건, 문화재자료 9건, 시지정 민속자료 1건 등이 지정되어 있으며, 문화유적지로는 시랑대, 효자각, 황학대, 임란공신 묘, 차건신 묘, 철마 선돌, 공덕비군, 용소골 옛길 등이 있다.

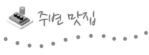

주변 맛집

○ **장안본가**
  - 부산광역시 기장군 장안읍 장안리 391-3(기장군 장안읍 장안로 333)
  - ☎ 051-727-3056
  - 특징: 해신탕
○ **노들강변식당(차량 필수)**
  - 부산광역시 기장군 장안읍 기룡리 1067-26(기장군 장안읍 하근 2길 25)

- ☎ 051-727-2304

- 특징: 촌닭 양념조림

○ **연잎차시음장**

- 부산광역시 기장군 장안읍 장안로 297

- 특징: 연꽃차

④ 기장군 죽성리, 해송

죽성리 해송

해송은 기장군 죽성리 249번지에 위치하고 있는데, 1997년 2월 4일부터 기장군 보호수로 지정(지정번호 2-16-4)되어 관리되어 오다가 2001년 5월 16일 부산광역시 지정기념물 제50호로 지정되었다. 이 해송(곰솔)은 다섯 그루이지만 조금 떨어진 곳에서 바라보면 마치 한 그루의 큰 소나무가 자라고 있는 것처럼 보인다. 수령은 약 400년으로 추정되며, 황학대가 위치하고 있는 죽성항의 배후 언덕에 위치하고 있어 멀리서 바라보면 매우 탐스러운 분재(盆栽)를 연상케 한다.

나무의 수관은 30미터, 높이는 약 20미터 정도이다. 죽성초등학교에서 두호길로 향해서 250미터 정도를 걸어가면, 오른쪽에는 죽성리 왜성 주차장이 자리하고 있으며, 바로 주차장 입구 맞은편으로 겨우 성인 한 명이 걸어갈 수 있을 정도의 좁은 길이 바다 방향으로 이어져 있다.

이곳으로 한 걸음씩 발길을 옮기자 왼쪽에는 미역과 다시마를 말리는 주민들의 손길이 분주하다. 바로 옆에는 각양각색의 밭작물들이 사이좋게 자라고 있다. 바로 눈앞에 펼쳐진 모습에 탄성을 지르지 않을 수 없다. 누가 이렇게 멋있는 소나무를 저 위에 심어 놓았단 말인가. 마음이 급한 나머지 발길을 재촉하여 가까이 다가가자 이번에는 또 탄성이 절로 나온다. 멀리서 보았을 때 한 그루처럼 보였는데, 가까운 곳에서 보니 다섯 그루이다. 나무의 그루터기가 우람하고 강한데 비하여 바닥으로 드리워진 나무의 모습은 매우 부드럽게 뻗어 있다. 이곳에서 동해바다를 바라보자니 가슴이 탁 트이면서 십 년 동안 묵은 때를 한방에 날려주는 느낌이 든다. 이것이 바로 힐링이 아닐까?

죽성리 해송과 국수당

특이하게도 국수당[19]이 다섯 그루 나무의 중간에 위치하고 있다. 이는 해송과 국수당이 분리되기보다는 혼연일체가 되어 풍어(豊漁)를 안겨주고, 마을과 가정의 평화와 무병장수를 간절히 소망하는 염원이 깃들어 있는 듯하다. 초기에 국수당은 국수대라 불렸는데, 임진왜란 이후에도 왜구들의 노략질이 끊임없이 이어지자 죽성항의 배후 조망이 뛰어난 언덕에 국수당을 설치하여 왜구로부터의 안녕을 기원하고, 마을의 평온을 소망하는 간절한 마음이 깃들어 있다. 서낭신을 모시고 있는 국수당은 민속적인 유래도 깊고 문화재적 가치가 높아서 2001년 5월 부산광역시 지정 기념물 제50호로 지정되었다. 조금 떨어진 곳에서 해송을 바라보면 마치 푸른색 연꽃이 피어 있는 것같이 그 모습이 빼어나다.

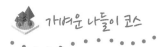 **가벼운 나들이 코스**

○ 죽성리 왜성~ 죽성리 해송~ 황학대~ 드림성당~ 죽성교회

○ 해동용궁사~ 죽성교회~ 죽성리 해송~ 어사암~ 윤선도 시비

○ 기장 척화비~ 죽성리 왜성~ 죽성리 해송~ 황학대~ 어사암~ 기장읍성

○ 기장 척화비~ 죽성리 왜성~ 죽성리 해송~ 황학대~ 어사암~ 기장읍성

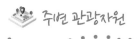 **주변 관광자원**

○ 죽성리 왜성(竹城里 倭城)

- 지정종목 : 부산광역시 기념물 제48호

- 지 정 일 : 1999.03.09

- 소 재 지 : 부산광역시 기장군 죽성리 산52-1번지 일원

---

19) 약 400년 전에 국가의 기원제를 지내기 위하여 국수대로 세워졌다고 한다. 국수대는 서해안과 이곳 두 곳에만 있는데, 국가 혼란 시 안녕을 기원하기 위한 국가 제(祭)를 올리기 위해 만들어진 것이다.

- 종류/분류 : 성곽

- 면적 : 39필 38.253㎡

- 특징 : 임진왜란 당시 왜군의 장수인 구로다 나가마사(黑田長政)가 조선과 명
나라 연합군의 공격으로 한양에서 후퇴한 후, 장기전에 돌입하기 위하여 해안
가인 이곳 죽성리 뒤편 요충지를 택하여 1593년(선조 26년)에 돌을 쌓아 축조한
성곽으로 둘레는 약 960미터, 성벽 높이는 4~5미터로 1595년에 축성되었다.

이 성은 부산 왜성과 형태가 비슷하며 일본에서는 기장성이라 부르고 있다.
또한 양산의 서생포성, 울산의 학성과 부산성을 연결하는 요충지에 죽성 왜성
이 자리하고 있다. 성벽은 화강암을 사용하여 70도 각도로 쌓았으며, 성벽의
총 연장은 300미터 정도이다. 이 왜성은 남쪽 해발고도 64미터 구릉의 높은
곳을 성의 중심이 되는 건물인 본환(本丸)을 설치한 윤곽식으로 일본식 성곽
의 형태를 그대로 갖추고 있다.

○ 어사암(御使巖)

- 1883년(고종 20) 일광면에 위치하였던 해창(海倉)에서 대동미(大同米)[20]를 싣
고 부산진 부창(釜倉)으로 이동하는 도중에 죽성마을 앞바다에서 큰 풍랑을
만나 배가 육지로 떠밀려오다가 암초에 좌초되었다. 이로 인해 대동미는 그대
로 바닷속으로 가라앉고 선원들은 구조되었다.

이 사실이 경상감영에 보고되자 중앙에서 파견된 이도재(李道宰) 암행어사가
이를 조사하기 위해 기장현을 방문하였다. 이(李) 어사는 이규명 현감으로부
터 고을의 어려운 사정은 없는지를 보고받은 후 억울하게 옥살이하고 있는 사
람은 없는지를 살피게 된다. 감옥에 갇혀 있는 사람들의 죄목을 자세히 확인
하던 중에 대동선 침몰 때 수장된 양곡을 건져 먹었다는 이유로 감옥에 갇힌
어부들이 있음을 발견하였다. 곧이어 이 어사는 두호마을 앞에 있는 매바위로

---

20) 조선 말기에 방납의 폐단을 없애기 위하여 1608년(선조 41) 영의정 이원익(李元翼)의 건의에 따라
실시한 대동법(大同法)에 의거하여 공물의 세목을 모두 전세화(田稅化)하여 거두어들인 쌀을 의미함.

올라가서 대동선이 침몰하였던 현장을 바라보면서 대동선에 타고 있었던 선원들과 마을주민들로부터 당시의 상황을 파악하였다. 이 무렵 매바위에는 간단한 주안상이 마련되어 있었는데, 기장 현감은 대동선 침몰 때 수장된 쌀을 건져 먹었다는 이유로 옥살이를 하고 있는 어민들을 어떻게 처리할지를 이 어사로부터 결심을 받고자 매바위에 주안상을 준비한 것이다. 이 자리에는 마을 출신의 관기 월매도 참석시켰다. 이 어사가 풍광이 빼어난 바닷가에서 잠시라도 쉬는 시간을 가진 것을 크게 기뻐하자. 현감은 '이왕에 오셨으니 옥에 갇혀 있는 어민들을 풀어주십시오'라고 청원하자, 월매도 관대히 처분을 내려주실 것을 애걸복걸하였다. 이 어사는 현감에게 "바다에 수장되어 조류를 따라서 흩어진 곡식을 주워 먹은 것이 무슨 큰 죄가 되겠는가?"라고 하면서 동행한 이규명 현감에게 어민들을 풀어주라 지시했다고 한다. 이 어사는 기분이 좋은 나머지 한 수의 시를 읊게 되는데, 시의 내용은 전해지고 있으나 매바위에 각인되었던 시의 내용은 오랜 해풍으로 마모되었으며, '李道宰'와 '妓月每'라는 흔적이 남아 있다. 이러한 이유로 그 후부터 매바위를 '어사암(御使巖)'으로 부른다고 한다.

○ 황학대(黃鶴臺)
- 소 재 지 : 부산광역시 기장군 죽성리 30-34
- 종류/분류 : 30여 그루의 소나무가 자생하는 언덕
- 특징 : 황학대는 조선 중기 고산 윤선도와 밀접한 관련이 있는 곳이다. 고산 윤선도는 1587년(선조 20) 음력 6월 22일 한양(서울)에서 태어났는데, 1616년 (광해군 8) 성균관 유생으로 있을 당시 이이첨, 박승종, 유희분 등 당시 집권 세력의 죄상을 격렬하게 규탄하는 병진소(丙辰疏)를 올렸다가 이이첨 세력으로부터 모함을 받아 1617년(광해군 9) 함경도 경원 땅에서 1년 유배를 한 후, 기장군 죽성마을로 유배되어 7년간 생활하게 된다. 고산 윤선도는 송강 정철,

노계 박인로와 함께 조선시대 가사문학을 대표하는 3인에 해당된다. 황학대라는 지명은 고산 윤선도가 지은 것으로, 이는 중국의 이태백, 도연명 등 중국의 유명한 시객(詩客)들이 찾고 노닐던 양쯔강 하류에 위치한 '황학루(黃鶴樓)'와 비교해도 이곳이 손색이 없다고 하여 붙여진 이름이라고 한다. 고산 윤선도는 유배생활을 하는 동안 마을 뒤편 봉대산에서 약초를 채집하여 병마에 시달리는 마을 사람들을 보살피게 되자 마을 사람들은 고산 윤선도를 한양에서 온 의원(醫員)으로 불렀다는 이야기가 전해지고 있다. 고산 윤선도는 이곳에서 '견회요 5수, 우후요 1수' 등의 주옥같은 6수의 시를 남겼다.

○ **SBS드라마 드림세트장**
 - 유사명칭 : 드림성당
 - 유 래 : 2009년에 방영된 SBS드라마 '드림'을 촬영한 세트장으로 건물의 외관과 색상은 바다와 조화되어 이국적인 느낌을 주고 있다. 바닷가에는 드림세트장과 나란히 등대가 있는데, 이곳을 방문한 사람들은 깜찍한 장면에 매료되어 사진 촬영으로 바쁜 모습이다.

○ **기장 팔경**
 - 기장 팔경 : 달음산, 죽도, 일광해수욕장, 장안사 계곡, 홍연폭포, 소학대, 시랑대, 임랑해수욕장

주변 맛집

○ **진아네**

 - 부산광역시(죽성리드림성당 앞)

 - ☎ 010-4182-3155

 - 특징: 해물탕, 장어구이

○ **해진횟집**

 - 부산광역시 기장해안로 921

 - ☎ 051-722-0119, 051-722-7119

 - 특징: 장어구이, 아나고회

⑤ 부산진구 초읍동, 폭나무

부산진구 초읍동

부산진구는 삼한시대에 거칠산국(居漆山國), 신라시대에는 동래군 동평현에 속하였으며, 고려시대에는 양주 동평현, 조선시대에는 동래부로 승격되면서 동평면과 서면으로 나누어지게 되고, 서면 구역은 초읍, 양정, 전포, 거제, 만덕 일원이, 동평면 구역에는 당감, 가야, 범일, 좌천, 초량 일원이 포함되게 된다. 그 이후 일제강점기인 1936년 4월 1일에 부산진출장소가 설치되면서 관할구역으로 부전, 범전, 연지, 초읍, 양정, 전포, 부암, 당감, 가야, 개금, 문현, 대연, 용당, 용호, 우암, 감만동 등이 포함되었으며, 이때부터 부산진이라는 명칭이 사용된다.

그 후 1957년 1월 1일부터 구제가 실시되면서 부산진구가 설치되었다. 초읍동(草邑洞)은 동평현이 생긴 후 읍의 치소(治所)가 당감동 부근이었는데, 고려 후기 이후 왜구들의 빈번한 침입으로 동평현이 피폐해지자 명사들이 천연의 요새인 초읍을 치소의 최적지라고 정하게 된다. 초읍은 산의 지세가 빼어나고 지리가 음양에 맞아서 이곳을 읍의 치소로 정하게 된 것으로 전하고 있다. 특히 초읍은 새로운 마을이란 뜻의 '새터'와 관련이 있다.

초읍동 폭나무

부산진구 초읍동 395번(성지로 114번길 24-1번지)에 500년 수령의 폭나무 일곱 그루가 1980년에 '2-3'의 보호수로 지정되어 있다. 이 폭나무의 높이는 18m에 달하며, 1981년에 개축을 통하여 완성된 초읍당산(草邑堂山)의 현판이 걸려 있고 내부 공간에는 당산과 보호수로 지정된 폭나무가 자라고 있다. 평상시에는 초읍당산의 출입문이 굳게 닫혀 있어 내부로 쉽게 접근하기 어려운 점이 있다.

폭나무가 있는 곳을 방문하기 위해서는 성지로 114번길로 접근하여 보련사의 왼쪽 골목으로 진입하여 30여 미터 걸어가다가 오른쪽 방향으로 50여 미터 올라가면 초읍당산에 이르게 된다. 폭나무는 느릅나무과로 학명은 'Celtis biondii Pamp.'이고 5월이 되면 햇가지에 붉은빛이 도는 연노란색 꽃이 피며, 한 나무에 암꽃과 수꽃이 핀다. 암꽃은 잎이 달린 자리에, 수꽃은 햇가지 아래쪽에 1~3송이의 꽃이 피게 된다.

암술은 1개, 수술은 4개이며, 꽃잎은 없으며 꽃 덮이기가 4장 나온다.

직경 6㎜ 정도의 열매가 노란색, 붉은색, 붉은 갈색으로 여물게 되며, 잎은 3~7㎝ 정도로 어긋나게 달리며 끝이 거꾸로 된 뾰족한 달걀 모양이고 위쪽에 불규칙적으로 깊은 톱니가 있으며 가을이면 노란색으로 물들게 된다.

초읍당산

이곳에는 폭나무 열 그루(보호수 일곱 그루, 비지정 세 그루)가 자라는 곳으로 1954년에 당산이 지어졌으며, 그 이후 1981년에 대지 200여 평에 약 4.3평(앞면 430㎝, 옆면 327㎝)의 건평으로 개축되었다. 좌향은 서서북향이며, 팔작·맞배 기와지붕으로 본래는 마을의 외곽에 위치하였던 것이 주거지 확장으로 현재는 골목 안쪽 언덕 위로 옮겨진 것으로 전하고 있다. 지금처럼 당산을 개축하기 이전에는 당산의 낡고 음침한 분위기 때문에 주민들이 이곳 지나기를 꺼리거나 무서워하였다고 한다. 그러나 당산이 새롭게 단장되면서 마을주민들은 무서움을 느끼기보다는 이 당산을 마을의 안녕과 무사평화를 기원해 주는 영험한 곳으로 여기고 있다고 한다.

광복 이전까지는 매년 음력 3월 3일과 9월 9일 2회 제사를 지냈으나 지금은 음력 정월 보름 때 1회만 제사를 지내고 있다.

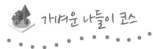 가벼운 나들이 코스

○ 부산시민공원~ 폭나무(초읍당산)~ 양정동 배롱나무-천연기념물(동래정씨 묘소)

○ 부산시민공원~ 폭나무(초읍당산)~ 삼광사~ (구)성지곡 수원지

○ 부산시민공원~ 폭나무(초읍당산)~ (구)성지곡 수원지~ 선암사

○ 부산시민공원~ 폭나무(초읍당산)~ 초읍어린이공원~ 백양산 산책

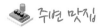 주변 관광자원

○ 지정문화재: 동모(銅矛),[21] 동파두(銅把頭),[22] 포은시고, 선암사 목조아미타여래좌상 및 복장유물 일괄

○ 문화재 자료: 선암사 괘불탱, 선암사 금고, 대원사 독성탱, 선암사 청동북, 교린수지, 선암사, 삼층석탑, 신흥사 치성광삼존도, 홍제사 보광암명 범종

○ 등록문화재: (구)성지곡 수원지, 디젤전기기관차 2001호

○ 비지정 문화재: 황령산 봉수대, 초읍동 당산

 주변 맛집

○ **돌쇠본가**

- 부산 부산진구 성지곡로 12번길 25

- ☎ 051-804-7980

---

21) 청동창은 동검과 동과(銅戈 : 가지가 달린 청동창)와 함께 우리나라 청동기시대의 대표적인 유물로서 1972년 6월 26일에 부산광역시 지정 유형문화재 제18호, 제19호로 지정됨.
22) 동검이나 철검의 손잡이 끝에 부착하는 장식의 일종으로 돌, 청동, 흙으로 만든 것 등이 있음.

- 특징: 전복갈비찜, 해물돌솥밥, 송이돌솥밥, 전복돌솥밥

○ **미가정**

- 부산광역시 부산진구 성지로 93번길 16

- ☎ 051-803-9185

- 특징: 오리양념불고기, 오리소금구이

○ **아서원**

- 부산광역시 부산진구 성지로 17 문화빌딩

- ☎ 051-806-2332

- 특징: 중식(짜장면, 새우까스, 삼선짬뽕, 삼선짜장면, 유산슬 등)

⑥ 사하구 괴정동, 회화나무

사하구 괴정동

사하구 괴정동은 지리적으로 사람이 살기 좋은 조건을 갖추고 있기 때문에 선사시대(先史時代)부터 사람들이 살았을 것으로 보고 있다. 괴정분지에서 농경(農耕)을, 동쪽편 감천 앞바다에서는 물고기를 잡았으며, 산줄기를 돌아서 서쪽으로 가면 수많은 조개와 물고기를 낙동강에서 잡을 수 있었고, 배고개를 넘어서 아래로 가면 넓은 신평 들과 깨끗한 강물이 흐르고 있어 괴정동은 이들이 생활하기에 안성맞춤인 곳이었을 것이다. 실제로 괴정동 패총(貝塚)에서 실을 지을 때 쓰이는 방추차(紡錘車) 두 점이 발견되었는데, 이는 베를 짜서 입기 위한 직조(織造)가 실시되었음을 증명하는 것이다. 또한 괴정동 선사유적(先史遺蹟)과 유물(遺物)이 발견된 지점은 지금의 장평중학교 정문 옆 길가와 대티(大峙)고개로 올라가는 옛길 입구, 즉 신동 교역회사 공장 뒤편의 주택가, 그리고 지금 괴정(槐亭)초등학교 남쪽 길 건너편 개울 일대에서 청동기시대의 무문토기(無文土器) 유물이 도로확장 공사 중에 발견되었다. 민무늬토기에 단(丹)을 칠한 완형토기(完形土器)가 우리나라에서 출토된 예는 별로 없는 것으로 알려지고 있다. 괴정동 패총에서 나온 토기편(土器片)은 김해식 토기편과 크게 다르지 않는데 이는 낙동강에서 수렵어로 생활을 하면서 김해 지방 사람들과 교류가 빈번하여 김해문화기에 속한 것으로 보고 있다. 괴정동 패총과 이어져 옛 오성고등공민학교 일대에 밀집된 괴정동 고분군(古墳群)은 특이한 석곽옹관묘(石槨甕棺墓)와 수혈식 석곽묘(竪穴式石槨墓)가 발굴됨으로써 학계의 주목을 끌었던 유적이다. 이런 옹관묘나 석곽묘는 기원전 2~3세기의 것이라 생각되며, 석관묘의 경우는 연대가 더 내려가면서 계속되었다. 석곽묘에서 주목할 것은 금지환(金指環)이 여러 개 나왔다는 사실이다. 이것은 일찍부터 이 마을에 금지환을 사용하는 사람들이 있었다는 사실과, 이 마을에는 신분이 상당히 높은 사람이 살았다는 것을 알 수 있다. 이 고분군 속에는 가야(伽倻) 후기인 삼국시대의 고분도 있다. 고려 말 무학대사가 마치 학이 나는 모습과 닮았다고 하여 승학산(乘鶴山)으로 이름을 지었다고 한다.

괴정동 샘터와 회화나무

괴정동 1247-14번지 일대에는 수령 600년의 회화나무를 중심으로 샘터공원이 조성되어 있다. 이 회화나무는 1982년 11월 4일에 문화재청에서 '천연기념물 제316호'로 지정을 하였으나 '나무의 생육공간이 협소하여 보존관리가 어렵다는 이유'로 그 지정을 해제(1993.4.16)하였으나, 사하구에서는 괴정동의 지명 유래와 밀접한 관련이 있는 회화나무를 보호수로 지정하여 관리해 오고 있다. 부산 사하구는 지난 2011년 '괴정뉴타운' 해제 뒤 도시재생사업과 도시숲 조성사업의 일환으로 국·시비 34억 원을 확보해 공원 조성을 추진하여 2015년 2월 27일에 회화나무 샘터공원이 준공된다.

사하구청은 회화나무 인근 노후 주택 10채를 매입한 뒤 정비하여 공원 면적을 2천230㎡로 넓혔고, 1972년 항공사진을 바탕으로 원형복원 작업에 들어가 기존 직선도로를 곡선형태로 바꾸었으며, 단물샘과 공동빨래터의 수량 부족문제는 심층 지하수를 퍼올려서 수도로 연결하여 해결했으며, 지붕을 설치해 주민들이 단물샘과 공동빨래터 이용 때 비와 햇빛을 피할 수 있도록 하고, 주민과 이용자들을 위하여 벤치와 운동기구를 설치하여 도심 속의 힐링공간으로 거듭나고 있다. 회화나무의 한자어는 '괴목(槐木)'이며, '괴화(槐花)'의 '괴(槐)'의 중국발음이 '회'이기 때문에 '회화나무, 회나무, 홰나무, 괴수, 괴화나무' 등으로 불리고 있으며, '괴정(槐亭)'이라는 지명도 '괴목, 괴화'에서 유래된 것으로 알려지고 있다.

괴정동 '큰 새미와 작은 새미' 이야기

괴정동 회화나무 아래는 예로부터 수질이 좋고 물맛이 좋아 '단물샘'으로도 불렸던 '괴정 큰 새미'가 회화나무 바로 아래 있다. 바로 이 큰 새미에서 솟아나는 물은 선사시대부터 이곳에서 생활한 이들의 식수로 사용되었던 것으로 보고 있다. 큰 새미와 관련하여서는 옛날 슬하에 자녀가 없었던 어느 부부가 회화나무 근처에 당산(堂山)을 짓고 백일기도를 올린 후에 아들을 낳았다는 이야기와 환자가 꿈속에서 계시(啓示)를 받아 회화나무 뿌리 부분에서 퍼올린 샘물을 먹고 병이 나았다는 두 가지 이야기가 구전되고 있다. 다음으로 작은 새미는 큰 새미의 물줄기와 주변 지하수가 모여 형성된 것으로 가뭄에도 물이 마르지 않는다고 한다. 주로 마을 아낙네들이 모여 옷가지를 빨면서 담소(談笑)를 나누며 이웃 간의 정을 나누는 장소였는데, 1995년 도로 개설로 새미가 대폭 줄어든 것을 2014년 '괴정 회화나무 샘터공원'을 조성하면서 1972년 항공사진을 바탕으로 원형에 가깝게 복원하였다. 회화나무 샘터공원 새미에 마련된 빨래터에서는 오전(05:30∼07:30, 08:30∼10:00, 11:30∼13:00)과 오후(14:30∼16:00, 17:30∼20:00)에 실제로 빨래가 가능하다.

회화나무에 얽힌 이야기

회화나무는 역사가 있는 서원이나 명문가문의 정원에서 볼 수 있는 양반집 선비들을 위한 학자나무이다. 옛날에 양반이 이사를 갈 때에는 쉬나무와 회화나무 종자는 반드시 챙기고 갔다고 한다. 그래서 쉬나무를 심어서 열매를 따면 그 기름으로 등잔불을 밝혔으며, 회화나무를 집안에 심으면 유명한 학자가 나오게 된다는 이야기와 회화나무 세 그루가 있으면 항상 좋은 일만 생기게 된다는 이야기도 있다. 이로 인해 우리 선조들은 회화나무를 최고의 길상목으로 여겼다고 한다. 조선시대에는 학자나 권세 있는 집안에서만 회화나무를 심을 수 있었고, 천민이나 농민들은 회화나무를 심을 수 없었다고 한다. 하지만 회화나무를 심을 수 없었던 농민들도 회화나무를 신목으로 여겼는데, 그 이유는 회화나무 꽃이 윗부분이 먼저 피고 아래로 피면 그해 농사가 풍년이고, 아래에서 먼저 피면 그해 농사가 흉년이 들 것으로 믿었기 때문이다.

회화나무의 약리효과

회화나무는 8월에 흰색 꽃이 피고 열매는 꽃이 진 후에 형성된다. 이를 '괴실(槐實)'이라 하며 한방에서 회화나무는 하나도 버릴 것이 없는 소중한 한약재로 여기고 있다. 회화나무의 진을 괴교(槐膠)라고 하여 물에 푹 달여서 바르면 소염증의 치료가 가능하고 종기나 가려움증에도 효과가 있으며, 풍을 다스린다고 한다.

예로부터 괴화(槐花)는 노란색의 루틴이 함유되어 있어서 혈압저감, 모세혈관 강화, 혈액응고 촉진 등의 효과를 지니고 있으면서 출혈 및 코피를 억제하고, 동맥경화, 고혈압, 안구 충혈, 인후통, 마른버짐, 피부질환, 구강염 등을 치료하며, 중풍, 장질환, 코질환 등의 예방효과를 지니고 있다. 하지만 소화기관이 약하거나 아랫배가 차가운 사람, 맥이 약한 사람의 경우는 과다복용을 자제해야 하며, 알레르기 유발 가능성이 있는 것으로 소개되고 있다.

회화나무의 콘텐츠 가치

회화나무는 한자어로 괴(槐)자는 귀신을 내보내는 나무로 역사적으로는 중국과 한국의 생활 주변에서 자라는 힐링(healing) 나무이다. 회화나무는 행복을 주는 길상목이자 학자들을 위한 출세 나무로 알려져 있다. 이러한 것은 고대 중국으로부터 영향을 받게 된 것으로, 중국인들은 지금도 회화나무를 심으면 출세 길이 열린다고 믿고 있으며, 회화나무가 진실을 규명하는 나무라고 믿고 있다. 고대에 중국의 재판관이 판결을 내릴 때 한 손에 회화나무 가지를 들고 있었는데, 그로 인해 중국인들은 회화나무의 신성한 힘이 진실을 규명한다고 믿고 있다. 이렇듯 학자나무 행복나무로서의 상징성, 생활 속에서 질병을 예방하고 치료하는 실제적인 의미성, 나무의 형상이 엄숙하고 위엄이 있어서 존경심을 안겨줌과 동시에 당산목의 역할을 하여 신비성, 나무의 성분을 활용하여 가공품을 생산하거나 원목을 이용한 목걸이, 펜던트 등의 상품성, 초·중등 학생의 학습체험이 가능한 교육성, 정부의 정책에 부응하는 창조성, 지역주민을 활용한 참여성 등을 융복합적인 콘텐츠로 개발할 수 있는 대상이다.

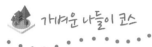 가벼운 나들이 코스

○ 괴정동 샘터 회화나무~ 괴정동 회화나무~ 제석골~ 승학산 억새군락지
○ 감천문화마을~ 샘터 회화나무~ 낙동강하구 에코센터~ 낙동강생태탐방선
○ 괴정동 회화나무~ 낙동강하구 에코센터~ 아미산 전망대~ 다대포 꿈의 낙조분수~ 몰운대

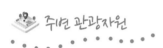 주변 관광자원

○ **감천문화마을**
- 1954년도에는 원주민이 3천여 명이었는데, 이듬해인 1955년 7월부터 중구 보수동에서 태극도(太極道) 신도들이 감천으로 이주할 준비가 활발히 진행되고, 이주민들이 거주할 판자옥(板子屋) 건립도 본격적으로 진행되어 그해 10월에 800세대 4천여 명이 집단으로 이주하였다. 1957년 1월 21일에 부산시 조례 156호 동제개편에 따라 분동하여 감천 2동으로 행정편제가 되었으며, 그 후 가옥(家屋)은 동 전체로 확산되었고 인구도 대략 2만 8천여 명까지 증가하였다. 또 한편으로는 태극도 도수인 감(甘)으로도 편제되었는데, 9궁9곡(九宮九曲)에 연유하여 1甘에서 9甘까지 명칭이 붙여지게 된다. 감천문화마을의 명칭은 2009년에 '꿈꾸는 부산의 마추픽추' 마을미술 프로젝트 공모전에 당선되어 그 상금으로 조형물 10점이 조성되고, 2010년에는 콘텐츠융합형 관광협력사업 미로미로(迷路美路) 골목길 상금으로 12개 사업을 시작하게 되면서 마을에 다양한 예술작품이 설치되면서 문화마을로 변화하였다. 2012년부터

공정관광 시범투어가 3년 동안 지속되면서 단체 방문객들의 발길을 머물게 하였으며, 이로 인해 마을 투어 시 해설의 중요성이 부각되기 시작하여 2014년에는 '대한민국 관광 100선'에 선정되었다. 이리하여 2017년에는 205만 297명이 방문하는 결과를 기록하였다.

○ 괴정동 고분

- 괴정동 고분은 구덕산 남쪽 완경사의 낮은 언덕 일대(괴정동 1026-32번지)로, 오성고등공민학교 건축 당시 발견된 고분으로 지금은 화신아파트 2~3동이 위치한 곳이다. 이곳은 예로부터 고분지대로 알려졌으나 지금은 택지로 변화되었다. 이 고분군은 1975년 경성대학교 박물관에서 발굴조사를 하여 20m×40m 범위의 발굴지역 내에서 3~4m 간격으로 39기의 무덤을 발견했다. 무덤은 돌덧널무덤(석관묘) 29기와 독무덤(옹관묘) 10기의 두 종류였다. 돌덧널무덤은 깬 돌과 판석으로 네 벽을 쌓고 뚜껑을 덮었다. 피장자 배치는 동서향으로 머리는 동쪽으로 통일되어 있었다. 당시 출토된 유물은 토기 270점, 철기 300점, 장신구 30여 점 등이다. 토기는 대부분 신라계 토기였으며, 철기는 고리손잡이 큰칼, 재갈, 낫, 창, 살촉 등이며, 장신구는 금제와 금동제 귀걸이와 곡옥(曲玉) 유리구슬 등이다. 이 고분은 출토유물의 성격으로 보아 고분 형성기간은 그렇게 오래되지 않았으며, 그 연대는 오륜대고분이나 복천동고분보다 늦은 시기인 기원후 5세기 후반으로 보고 있다. 이 돌덧널무덤과 곽외부장(槨外剖葬)은 이 지역만의 특색을 보여주고 있다.

○ 괴정동 목장

- 부산에는 영도에 가장 큰 목장이 있었고, 다음으로 큰 목장은 지금의 괴정동을 중심으로 당리, 하단까지 승학산 기슭에 설치되어 있었으며, 지명을 '牧場里'라 불렀던 것으로 전한다. 이곳에서 언제부터 말을 길렀는지는 정확하게

나타나지 않지만, 목마장으로서의 시설은 일제강점기까지 그 목책(木柵)이 남아 있었으며, 그 시설로는 목마성(牧馬城)이 남아 있는데, 이를 국마성(國馬城)이라고 하는데, 축성(築城) 연대는 알 수가 없다. 돌을 쌓아서 만든 이 성은 대티고개에서 당리 뒷산까지 약 3㎞에 달하며, 그중에서 가장 완전한 형태가 희망촌(希望村) 동쪽 산골에 아직도 뚜렷이 남아 있다. 두께는 2m 50㎝이고, 높이는 2m 50㎝~3m 60㎝의 단단한 석축(石築)으로 상단의 높이만 맞추어 쌓았기 때문에 지형에 따라 높이가 일정하지 않다. 이 성지(城地)에서도 신라 토기편(新羅土器片)이 많이 발견되었는데 혹시 그전부터 쌓여진 성을 목장성(牧場城)으로 수축(修築)하였는지는 알 수가 없다.

○ 승학산 제석골

- 제석골은 제석곡(帝釋谷)에서 유래된 것으로 승학산과 산불량(山不良)의 사이에 있는 계곡에 제석단(帝釋壇)을 쌓고 기우제(祈雨祭)를 지낸 것과 관련이 있다. 옛날에는 이곳에 위치한 제석사(帝釋寺)에서 기우제를 지내기 위한 기우제단(祈雨祭壇)이 있었으며, 기우제를 지낼 때에는 많은 사람들이 방문한 것으로 전하고 있다. 사하구는 승학산 '제석골 산림공원 조성공사'로 279m 길이의 목재 산책길이 설치되어 항상 편안하게 방문하여 쾌적한 산림을 감상할 수 있게 되었다.

○ 승학산 억새군락지

- 승학산 정상에는 억새가 집중적으로 자라고 있는데, 이를 억새 군락지로 부르기도 한다. 억새는 봄과 여름이면 넓은 초원이 펼쳐진 느낌을 안겨주기도 하며, 가을이면 억새꽃이 만발하여 바람에 흩날릴 때면 억새 군락지가 이루어내는 모습은 가히 장관이다. 억새 군락지는 한때 26만 3천㎡에 달하였으나 지금은 약 10만여㎡로 생육면적이 축소되어 못내 아쉽다. 가을이면 '승학산 억새

등산대회'와 '승학산 억새밭 작은 음악회' 등이 실시되고 있으며, 사하구청에서는 현재의 억새 군락지를 잘 보전하기 위하여 끊임없이 노력을 하고 있다.

○ **낙동강생태탐방선**
- '낙동강생태탐방선'은 낙동강 뱃길복원사업의 일환으로 생태탐방선의 형태로 선박을 건조하여 2014년 8월 7일에 화명생태공원 내 선착장에서 취항식을 가진 후 운항하고 있다. 생태탐방선은 19.9톤, 길이 18.8m, 폭 4.3m, 승선 정원 33명, 평균 속력 10노트이며, 친환경 에너지(태양광, 풍력) 이용과 자전거 10대 거치가 가능한 기능을 갖추고 있으며, 4~10월에는 을숙도 생태탐방선 선착장에서 출발하여 일웅도 일대, 화명선착장, 물금황산공원 등으로 1일 4회 운항하며, 11~3월에는 화명수상레포츠타운 내 생태탐방선 선착장에서 출발하여 물금황산공원으로 왕복(1일 4회) 운항하고 매주 월요일은 휴무일로 운항하지 않는다.

○ **낙동강하구에코센터**
- 낙동강하구에코센터는 생태복원지인 을숙도철새공원을 지속가능하게 보전·관리하고 생태에 대한 전시, 교육, 체험학습 공간을 시민에게 제공하여 인간과 자연이 함께하는 낙동강하구를 만들기 위해 2008년에 실시된 창원 람사르 당사국총회에 맞춰서 건립되었는데, 에코(Eco)는 환경·생태·서식지를 의미하는 'Ecology'를 줄인 것으로 3층 구조물로 건축되어 있다. 부속시설로는 부산 야생동물치료센터, 명지 철새탐조대, 낙동강 생태탐사센터가 있으며, 현재 1센터장 3팀(에코센터운영팀, 전시교육팀, 야생동물보호팀)이 근무하고 있다.

○ 아미산 전망대

- 아미산 전망대는 모래섬, 철새, 노을과 낙조 등을 조망함과 동시에 낙동강 하구의 지형, 지질에 대한 자료를 알기 쉽도록 전시공간이 마련되어 있으며, 외부 산책로와 야외 전망대, 날개광장이 있다. 그리고 1층(안내 데스크, 세미나실, 리어스크린), 2층(전시관 4개 존), 3층(전망대 카페테리아, 기념품 판매대)으로 구성되어 있으며, 전망대를 측면에서 바라보면 마치 새가 앉아 있는 것처럼 보이는데, 이러한 이유로 부산광역시의 건축대상을 수상한 바 있다.

  이곳에서 가덕도를 바라보면 발끝 아래로 펼쳐진 모래톱이 만들어낸 풍광 때문에 감탄사를 연발하기 시작하며, 곧장 카메라 셔터를 누르기에 바쁜 곳이다. 낙동강 하구에 형성되어 있는 모래톱은 진우도, 신자도, 장자도와 같이 지적도에 이름이 정식으로 등재된 곳이 있는가 하면, 도요등, 백합등, 맹금머리등, 대마등은 아직도 계속해서 모래가 쌓이고 있다.

○ 몰운대

- 다대포 몰운대는 태백산맥이 뻗어서 낙동정맥으로 이어져 마지막에 바다와 맞닿는 부분이며, 지정학적인 의미가 큰 곳으로 위성사진을 바라보면 '착한 어미 도마뱀'이란 뜻의 '마이아 사우라'[23] 공룡과 너무도 흡사한 모양이다. 이곳은 16세기까지는 섬이었으나 그 후 낙동강에서 내려오는 흙과 모래가 쌓여 다대포와 연결되어 육지가 되었다고 한다. 이 일대는 지형적으로 안개와 구름이 자주 끼어서 앞이 잘 보이지 않는다고 하여 몰운대(沒雲臺)가 유래된 것으로 전하고 있다. 다대포와 몰운대는 조선시대 국방의 요충지로서 임진왜란(1592) 때에는 격전이 벌어진 곳으로 이순신의 선봉장이었던 충장공 정운 장군이 몰운대 앞바다에서 200여 척의 왜선을 맞아 싸우다가 장렬하게 순국하는 등 역사의 아픔이 있는 곳이다. 몰운대에는 정운 장군의 순국을 기리기 위

---

23) 1978년 미국의 공룡학자 호너가 공룡이 새끼를 돌보았다는 사실을 처음으로 확인하고 '마이아 사우라'라고 이름을 명명하였음. 공룡 중에서 유일하게 새끼를 돌보는 공룡으로 평가함.

한 사당과 비석이 부산광역시 기념물 제27호로 지정되어 있고, 다대 1동 산 144번지에는 다대포 객사가 옮겨져서 부산광역시 유형문화재 제3호로 지정되어 관리되고 있다.

○ **다대포 꿈의 낙조 분수**

- '다대포 꿈의 낙조분수'는 최대지름 60m, 둘레 180m, 최고 물높이 55m인 세계 최대 최고 수준을 자랑하는 곳으로 규모뿐만 아니라 부산에서는 처음으로 음악과 조명에 맞춰 물줄기가 춤을 추는 음악분수로서 미국 라스베이거스나 싱가포르 센토사 등에서 볼 수 있는 환상적인 음악과 분수 쇼가 화려하게 펼쳐진다. 또한 평소에는 수조와 노즐이 노출되지 않아 문화행사, 공연, 놀이시설 등 다목적 광장으로 활용이 가능하며 시민들의 여가 및 휴식공간으로서의 기능과 함께 문화공간으로서의 역할을 다하고 있다. 또한 '다대포 꿈의 낙조분수 쇼'를 시작으로 다대포해수욕장 주변은 2014년 생태탐방로, 해수천, 방사림 등을 갖춘 모습으로 변화되어 해변과 모래사장과 녹지가 조화 있게 꾸며져 있으며, 다대포해수욕장 우측 공간은 향후 생태체험공간으로 거듭날 계획이다.

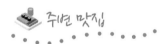 주변 맛집

○ **해주냉면(1962년 창업)**

- 부산광역시 사하구 괴정 4동 1104-9(사하역 1번 출구)
- ☎ 051-291-4841
- 특징: 물냉면, 비빔냉면

○ 오사카(大阪)

  - 부산광역시 괴정동 1117-5(사하역 1번 출구)

  - ☎ 051-205-8408

  - 특징: 오코노미야끼, 돈스테이크, 생선회

○ 통영식당

  - 부산광역시 사하구 하단 2동 517-28

  - ☎ 051-206-8500

  - 특징: 멸치쌈밥, 갈치구이 정식

⑦ 수영구 수영사적공원, 푸조나무, 곰솔

수영구 수영동

수영구는 삼한시대 진한의 소국, 삼국시대 신라의 거칠산군, 통일신라시대에는 동래군에 속하였으며, 고려시대에는 동래현, 조선시대는 동래부 남촌면, 1914년에는 동래군, 1975년에는 부산직할시 남구로 승격된 이후, 1995년 3월 1일에 수영구가 신설된다. 특히 수영이라는 명칭은 임진왜란 당시 동남해안을 관할하였던 '경상좌도 수군절도사영'이 있었던 곳으로 '수군'에서 '수(水)'자 '절도사영'에서 '영(營)'자를 따와서 '수영(水營)'이 유래된 것으로 전하고 있다.

천연기념물 푸조나무

수영동 271번지 사적공원 내에 위치하고 있는 푸조나무는 천연기념물 제311호로 지정(1982.11.4)된 것으로 수령 500년, 높이 18m, 가슴높이의 가지 둘레 8.5m, 지상 3m에서 가지가 두 개로 갈라져 동서로 23m, 남북으로 19m로 웅장한 모습을 뽐내고 있다. 이 나무는 마을을 지켜주는 수호신이 깃든 지신목(地神木)으로 예로부터 바로 동편 40여 미터에 위치하고 있는 서낭당(宋씨 할매당) 송씨 할머니의 넋이 깃들어 있어서 마을의 안녕을 안겨주고 있으며, 나무에서 놀다가 떨어져도 다치는 일이 없었다는 이야기가 전해지고 있다. 푸조나무는 수영사적공원 남쪽 방향에 위치하고 있는데, 우측으로는 안용복 장군의 사당이, 좌측으로는 수영성지 남문이 위치하고 있다. 또한 이 나무는 지상 1m 높이에서 두 갈래로 나뉘어 있는데, 북쪽 가지부분을 할아버지 나무, 남쪽 가지부분을 할머니 나무라고 하면서 노부부목(老夫婦木)으로 부르기도 한다.

푸조나무(Aphananthe Oriental Elm)는 느릅나무과의 낙엽활엽목으로 학명은 'Aphananthe aspera Planch'이고 염분이 많은 바닷가에서 잘 자라는 관계로 팽나무와 함께 방풍림으로 많이 이용되었다. 팽나무의 8촌쯤 되는 나무로 얼핏 보아서는 팽나무와 비슷하게 생겼으나 잎맥이 톱니끝 부분까지 이어지는 것이 다른 점이다. 암수한그루로 봄에는 작은 꽃이 피며 열매는 약간 갸름하면서 굵은 콩알만 한데, 9~10월이면 검게 익는다. 열매는 팽나무보다 훨씬 굵고 물렁물렁한 육질이 씨앗을 둘러싸고 있는데 시큼한 맛이 나고 식용 가능하다.

천연기념물 곰솔

수영구 수영동 229-1, 2번지 일대 수영사적공원에는 천연기념물 제270호(1982년 11월 4일)로 지정된 수령 400년 정도에 높이 23.6m, 둘레 4.50m, 땅에서부터 가지가 갈라지는 부분까지의 길이가 7m에 이르며, 껍질은 거북이의 등처럼 갈라져 있다. 이외에도 수영사적공원에는 수령 200년 3본, 180년 1본, 100년 1본이 보호수로 지정되어 있으며, 다수의 곰솔이 군락을 이루고 있다.

소나무과로 잎이 소나무 잎보다 억세기 때문에 곰솔이라 부르며, 소나무의 겨울눈은 붉은색인데 반해 곰솔은 회백색인 것이 특징이다. 해안가에서 자라기 때문에 해송으로도 부른다. 또 줄기 껍질의 색이 소나무보다 검기 때문에 흑송으로 부른다. 바람과 염분에 강하여 바닷가에서 방풍림이나 방조림으로 식재를 하였다. 전설에 의하면 조선시대에 이곳이 좌수영(左水營)이었는데, 그 당시 군사들은 자신들을 보호해 주고 지켜주는 신성한 나무로 여겼던 것으로 전해지고 있다. 옆에는 신을 모셔놓은 당집과 장승이 위치하고 있으며, 오랜 세월 동안 조상들의 보살핌으로 이어지고 있는 곰솔은 민속적 · 문화적 자료로서 보존가치가 높아서 천연기념물로 지정하여 보호하고 있다.

송씨 할매당

수영동 229-1번지 수역사적공원 남문 안쪽에 송씨 할매당(서낭당)이 위치하고 있다. 이 제당은 1936년에 중건되었으며, 현재의 모습은 1981년에 세운 것으로 제당은 건평 2.8평이고, 좌향은 동남향이고 기와 팔작지붕에 벽면은 블록을 쌓아 시멘트로 마감하여 두 칸으로 구성되어 있다. 오른쪽 칸은 '수영성내수호신당(水營城內守護神堂)', 왼쪽 칸은 '독신묘(纛神廟)'[24]의 공간이고, 각 칸은 태극도형이 그려진 두 짝의 여닫이 나무문으로 되어 있다. 제단 양쪽 칸의 건물 뒤편 84㎝ 높이에 직사각형 슬래브식 시멘트 제단(앞면 151㎝, 옆면 51㎝, 두께 8㎝)이 있으며, 독신묘 안의 제단에는 '독신지신위(纛神之神位)'라는 지방이 가로 6.5㎝, 세로 24㎝로 위패함에 붙어 있고, 그 앞에는 향로 1개가 얹혀 있다. 왼쪽 바닥에 여의주를 물로 있는 용이 그려진 '독신기(纛神旗)'가 세워져 있다. 또한 수영성 내 수호신당에는 '수영성내수호신지신위(水營城內守護神之神位)'라는 지방이 가로 6.5㎝, 세로 24㎝로 위패함에 붙어 있다. 제는 1년에 1회 실시하며, 날짜는 정월 보름 10시이고 제관을 제주라고 하며, 당산제를 지내기 한 달 전에 동네 노인들이 모여서 결정한다.

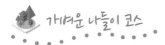

가벼운 나들이 코스

○ 광안리 해수욕장~ 장대골 순교지~ 수영사적공원~ 무민사(최영 장군 사당)
○ 수영팔도시장~ 수영사적공원~ 무민사~ 정과정 유적지
○ 수영사적공원~ 무민사~ 수영팔도시장~ 백산 첨이대~ 광안리 해수욕장

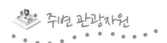

주변 관광자원

○ **수영사적공원**

 - '수영사적공원'은 '좌수영성지'를 일컫는 말이다. 지역주민들은 줄여서 이곳을 '수영공원'으로 부른다. 조선시대에는 경상좌도 수군절도사영이 있었던 군사적 요충지인 관계로 1692년(숙종 18년)에 성을 다시 쌓은 것으로 전해지고 있

---

24) 수영사적공원 내에 있는 독신당은 2016년에 이전을 결정하여 인근에 위치한 조씨할배당 부지에 독신묘와 수영산신당을 준공하게 된다(2018. 2. 20).

다. 수영성의 둘레는 2,785m로 면적은 8,351㎡이며, 지역주민들에게 편안하고 쾌적한 휴식과 여가문화 공간으로 각광받고 있다. 이곳에는 시지정 유형문화재 제17호 수영성 남문, 시지정 기념물 제12호 25의용단, 시지정 기념물 제8호 좌수영성지, 천연기념물 제270호 곰솔나무, 천연기념물 제311호 푸조나무, 서낭당(宋씨 할매당) 등이 위치하고 있으며, '수영사적공원'에 위치하고 있는 (사)수영고적민속예술보존회는 국가지정 무형문화재인 '수영야류, 좌수영어방놀이'와 시정 무형문화재인 '수영농청놀이, 수영지신밟기' 등이 전승되고 있다.

○ **좌수영성지**

- '좌수영성지(左水營城址)'는 조선시대 초기에 축조된 것으로 추정되고 있으며, 1692년에 수영사적공원을 에워싸서 다시 축조한 성터를 말하는 것으로 전체 둘레는 2,785m이고, 수영동, 망미동, 광안동 일대와 인접하고 있으며, 부산시 기념물 제8호(1972.6.26)로 지정되어 있다.

○ **25의용단**

- 수영사적공원 남문 정반대편에는 임진왜란 당시 동래성과 부산진성이 모두 함락되는 위기에 처하자, 수영성의 경상좌수사 '박홍(朴泓)'은 왜적과 싸우지 않고 도망을 가버렸다. 그 후 왜군이 끊임없이 약탈과 살육을 자행하자 수군과 수영성 주민 25명이 성문 밖의 선서바위에 모여 "싸우면 이겨서 살 것이요. 싸우지 않으면 망하리로다. 나라의 존망이 경각에 있거늘 어찌 삶을 구하여 산야로 달아날 것인가. 단 한번의 죽음으로 나라에 보답하리라."라고 굳게 맹세한 후에 바다와 육지에서 왜군에 맞서 7년 동안 유격전을 펼치면서 항전하다 장렬하게 전사하게 된다. 1609년(광해군 1년)에 동래부사 이안눌(李安訥)은 이러한 25인의 의로운 사실을 지방민들의 청원으로 듣게 되자, 그 당시 25

인이 한 일을 소상히 조사하여 정방록(旌傍錄)으로 엮게 하였으며, 25인의 집 대문에 '의용(義勇)'이라는 두 글자를 붙여서 충의 정신을 기리도록 하였다(부산광역시청, 수영구청, 문화재청, 한국관광공사). 그 후 조선 순조 때에는 동래부사 오한원(吳翰源)은 이들의 후손들에게 역(役)의 의무를 면제하고 포상하였던 것으로 전해지고 있다. 1853년(철종 4)에는 경상좌수사 장인식(張寅植)이 지금의 수영공원 내에 이들의 충절을 기리기 위하여 비를 세운 다음 '의용단(義勇壇)'으로 글을 짓고, 전 승지 이형하(李享夏)가 글을 쓴 〈수영의용단비명(水營義勇壇碑銘)〉에 잘 나타나 있다. 일제강점기 때는 수영기로회(水營耆老會)가 제사를 주관하였으나, 최근에는 매년 음력 3월과 9월 말 정(丁)일에 향사를 봉행하여 그들의 충절을 기리고 있다(한국민족문화대백과사전, 한국학중앙연구원). 25의용단 일대는 1974년 12월, 2000년 5월 10일 정비를 통하여 오늘에 이르고 있다.

○ 안용복 장군 사당

- 수영사적공원 남쪽에는 안용복 장군을 기리기 위해 조성된 '수강사(守彊祠)'가 위치하고 있으며, 매년 4월 18일이면 이곳에서 장군의 충절을 기리는 추모 제향이 펼쳐진다. 안용복 장군은 부산 동래 출신으로 조선 숙종(1675~1720) 때 울릉도와 독도를 지키기 위해 일본을 두 차례나 건너가서 에도막부로부터 독도와 울릉도가 조선의 땅이라는 각서를 받아냈으며, 다시는 일본인들이 독도와 울릉도를 무단으로 건너와 고기와 나무를 훼손하는 일이 없도록 하였다. 그 당시 안용복 장군은 평민이었지만 훗날 사람들이 그의 공을 인정하여 장군으로 칭하며 그의 충절을 기리고 있다. 안용복 장군은 우리나라의 영토를 국가의 관리에만 미루지 않고 스스로 영토를 지키기 위하여 직접 실천한 분으로 많은 교훈을 안겨주고 있다. 하지만 우리의 영토인 독도를 '다케시마(竹島)'로 부르면서 마치 자신들의 영토인 양 억지를 부리는 일본의 주장을 접할 때마다

안용복 장군의 원혼(冤魂)이 애통해서 불호령을 내릴 것이다.

○ 수영민속예술관

- 수영민속예술관은 수영사적공원 중앙 공연무대의 북쪽 언덕부분에 위치하고 있다. 이곳은 수영 지역의 무형문화재인 민속예술을 전수하고 공연하기 위하여 1973년 10월에 개관하였으나 건물이 좁고 노후하여 2000년 6월에 신축하였다.

○ 수영사적원

- 수영사적원(水營史蹟院)은 2001년 3월에 준공하였으며, 건평 99.9㎡, 지상 1층 건물로 기존의 수영고적관을 개·보수 후 사료 전시관을 설치하여 좌수영 성지 축소모형, 임진왜란 전투 상상도, 수영성 고지도, 수영야류 탈 등이 전시되어 있는데, 임진왜란 당시 좌수영성지 일대의 지형과 역사를 쉽게 알 수 있도록 꾸며져 있으며, 문화관광해설사의 자세한 안내를 접할 수 있다.

○ 최영 장군 사당 무민사(武愍祠)

- 무민사는 수영동 507-9번지 수영팔도시장 동쪽 동문지 바깥 왼편의 경로당 부근 큰 바위 앞에 위치하고 있는데, 광복 이전에는 사당이 존재하지 않았던 것으로 전해지고 있다. 이 사당은 강신무녀(降神巫女)가 오두막집에 살고 있으면서 뒤편에 있는 바위를 최영 장군으로 믿으면서 최영 장군의 영정을 방안에 모시고 무속업을 하였다. 그 무녀가 죽고 난 후 마을에 우환이 자주 생기자 1963년 고(故) 태말준 옹이 무녀가 살던 오두막을 헐고 그 자리에 사당을 처음 세웠으며, 1973년에 개축하였으나 노후하여 2005년 5월에 다시 건립하여 오늘에 이르고 있다. 초기에는 매년 음력 정월 보름 새벽에 마을주민이 제를 지내다가 2006년부터는 음력 3월 3일(삼진날)에 제를 지낸다고 한다.

주변 맛집

○ **둔내막국수**

- 부산광역시 수영구 수영동 447-18

- ☎ 051-751-0097

- 특징: 막국수, 메밀전

○ **어촌횟집**

- 부산광역시 수영구 수영동 308

- ☎ 051-751-4949

- 특징: 생선회

⑧ 해운대 석대동, 이팝나무

해운대구 석대동

석대동은 동면으로 조선 말기에는 동상면에 속해 있었으며, 일제강점기에는 동래읍으로 편입되었다가 1942년 부산시에 편입되었고, 1957년 행정의 구제 실시로 동래구에 포함되었다. 1978년 행정구역 변경으로 해운대 출장소로 편입된 이후 현재까지 해운대구에 속한다. 석대란 지명은 조선 초기부터 사용되었으나 정확한 연원은 파악되지 않고 있다. 대(坮)는 대(臺)의 옛 글자로 동네 안에 지명처럼 돌로 높이 쌓은 곳이나 이에 준하는 넓은 반석 등이 있어서 유래된 것이 아닌가 하는 추측을 하지만, 아직까지 지명과 관련된 흔적은 발견되지 않고 있다. 마을 앞으로 석대천이 흐르는데, 옛날에는 물이 맑고 경치가 좋아 이 일대에 풍류를 즐기기에 적합한 평평한 바위가 있었던 게 아닌가 하는 추측을 하게 한다. 석대동은 영양 천씨의 집성촌이 형성되어 지금도 이들 성씨가 많이 살고 있는 곳이다(해운대구정백서, 2014). 석대동에는 '오효자(五孝子) 일효부(一孝婦)'의 전설이 전해지는데, 지극한 효성을 기리기 위하여 지은 정려각(旌閭閣)과 창원 구씨 충효원(忠孝園)이 마을 뒤편에 세워져 있으며, 마을에는 느티나무, 이팝나무, 소나무 등이 보호수로 지정되어 있다. 또한 반송과의 경계지역에는 예로부터 옹기를 구웠던 곳이 있어서 지명을 옹기골이라고 하였다. 특히 1987년 6월부터 1992년 12월까지 상리와 하리 사이에 있는 안골에는 생활 쓰레기 약 12㎢를 매립하였다.

석대동 이팝나무

지하철 동래역에서 4호선으로 환승한 후 반여농산물시장역에서 하차한 후 도보로 200m 정도 걸으면 고목나무집 간판을 접할 수 있다. 간판이 있는 골목 안으로 30m를 계속 걸어가면 오른쪽 언덕에 이팝나무가 있다. 이 나무는 부산광역시 해운대구 석대동 468-1번지에 위치하고 있으며, 바로 뒤편 언덕에는 보호수인 느티나무가 있다. 이팝나무는 수령 300년으로 1980년 12월 8일에 '2-9-3'으로 고유번호가 부여되어 있다. 보호수의 높이는 15m, 나무둘레는 4.4m이고 관리자는 '석대1동 주민'으로 표시되어 있다.

석대동 이팝나무의 외양

석대동에는 상리 느티나무와 하리 소나무가 당산나무로 정해져 있는데, 하리 당산소나무와 인접하여 이팝나무가 있다. 당산나무는 아니지만 보호수인 이팝나무는 하루에도 수많은 사람들을 접하고 있다. 어쩌면 이팝나무가 고목나무집의 상호를 갖도록 하였을지 모를 일이다. 이팝나무가 건강하고 풍성하게 자라는 것과 고목나무집을 찾는 손님들이 많은 것은 결코 무관하지 않을 것 같다. 이팝나무의 영험함이 고목나무집으로 많은 손님을 오도록 하는 게 아닌가 하는 의문을 갖게 한다. 골목 입구에서 북쪽 방향으로 이팝나무를 바라보면 커다란 송이버섯이 우뚝 자라는 것과 닮은 모양이다. 그리고 이팝나무 바로 뒤편으로는 보호수인 느티나무가 한껏 모양을 뽐내고 있다. 하지만 이팝나무 꽃이 아름답게 만발하자 그냥 이팝나무에게 손을 들고 만다. 하지만 골목 안쪽에서 바깥을 향해 이팝나무가 자라는 모습을 보자니 이내 가슴이 아프다. 언덕 끝부분에 뿌리를 내린 후 위로 생장하면서 큰 가지 하나가 오른쪽 주택으로 방향을 잡고 만다. 그러자 집주인은 바람이 심하게 불 때 나뭇가지가 집을 때리면 위험하고, 가을에 집안으로 낙엽이 너무 많이 떨어져 청소하기 어려우니 나뭇가지를 잘라줄 것을 구청에 요청한다. 그러자 집으로 드리운 이팝나무 가지는 이내 잘리고 만다. 이팝나무가 저곳에 먼저 있었을까? 아니면 주택이 먼저 있었던 것일까? 나무를 바라보고 있으면 안타까움에 한숨이 절로 나온다. 아마도 많은 보호수들이 보호수의 이름에 걸맞지 않는 관리를 받고 있는 것은 아닌지 궁금증을 갖게 한다.

이팝나무에 얽힌 사연

옛날 가난한 한 선비가 병든 어머니를 모시고 살았는데, 하루는 어머니가 하얀 쌀밥이 먹고 싶다고 하여 쌀독을 보니 쌀이 조금밖에 남아 있지 않았다. 쌀을 씻은 후에 밥을 지었더니 겨우 한 그릇이 되었다. 이 한 그릇을 어머니에게 드리면 분명히 아들에게 밥을 모두 덜어줄 것이기 때문에 아들은 고민을 하였다. 이때 마당을 바라보니 큰 나무에 하얀 꽃이 만발해 있었다. 그러자 아들은 이 꽃을 자신의 밥그릇에 담고, 어머니 그릇에는 쌀밥을 담아서 방으로 가져갔다고 한다. 그러자 어머니는 눈이 잘 보이지 않아서 아들 그릇에 수북이 담겨 있는 하얀 꽃을 보고 쌀밥인 줄 알고 맛있게 식사를 하였다고 한다. 이 일이 세상에 알려지자 사람들은 나무의 이름을 '이밥나무'로 불렀으며, 지금은 음이 변하여 '이팝나무'가 되었다는 설이 있다. 또 다르게는 이 씨(왕족)들이 먹은 하얀 쌀밥과 닮았다고 하여 '이밥나무'가 되었다는 설이 있다(부산일보, 이현정 기자, 2010.05.20). '이팝나무'는 효자나무이자, 쌀밥나무이다. 그래서 고목나무집은 꾸준히 장사가 잘되는 것이 아닐까? 이팝나무의 이름은 이외에도 다른 설이 있는데, 첫째는 입하(立夏) 무렵에 꽃이 피기 때문에 변음되어서 이팝으로 되었다는 설이 있고, 둘째는 이 꽃이 만발하면 벼농사가 잘되어 쌀밥을 먹게 되었다는 것에서 이밥(쌀밥)이 변음하여 이팝이 되었다는 설이 있으며, 셋째는 꽃이 필 무렵이면 나무가 흰 꽃으로 덮여서 쌀밥을 연상시키므로 이팝나무가 되었다고 한다(한국민족문화대백과사전, 2015). 이팝나무는 한자어로 '육도목(六道木)'이라고 하며, 학명은 'Chionanthus retusus Lindl. & PAXTON'이다(네이버 약초도감, 2015).

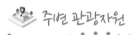

가벼운 나들이 코스

○ 충렬사~ 석대화훼단지~ 이팝나무~ 정려각~ 충효원

○ 동래복천박물관~ 석대화훼단지~ 이팝나무~ 정려각~ 충효원

○ 회동수원지~ 이팝나무~ 정려각~ 충효원

○ 동래향교~석대화훼단지~ 이팝나무~ 정려각~ 충효원

주변 관광자원

○ **충렬사(忠烈祠)**

- 지정종목 : 부산광역시 유형문화재 제7호

- 지 정 일 : 1972.06.26

- 소 재 지 : 부산광역시 동래구 안락동 838

- 종류/분류 : 사묘재실

- 특징 : 임진왜란 당시 순절한 동래부사 송상현(宋象賢: 1551~1592), 부산진첨 절제사 정발(鄭撥: 1553~1592)을 비롯하여 부산 지역에서 나라를 위해 순절 한 호국선열의 위패를 모신 곳으로, 1605년(선조 38)에 동래부사 윤훤(尹暄) 이 동래읍성 남문 밖 농주산에 송상현의 위패를 모신 송공사(宋公祠)를 건립 하여 해마다 그곳에서 제사를 지낸다. 그 후 1624년(인조 2)에 선위사 이민구 (李敏求)의 청(請)으로 충렬사라는 사액이 내려져 송공사에서 충렬사(忠烈祠) 로 명칭이 바뀌었다. 1652년(효종 3) 동래부사 윤문거(尹文擧)가 당시의 사당 이 좁고 습하여, 송상현의 학행과 충절이 후학들에게 기리 이어지도록 하기 위해서 현재의 위치에 사당을 세운 뒤 강당과 동·서재를 지어 안락서원으로 부르게 되었다. 1709년(숙종 35)에는 옛 송공사 터에 별사를 지어 송상현과 정발이 순절할 때 함께 전사한 동래교수(東萊敎授) 노개방(盧蓋邦), 양산군수

조영규(趙英圭), 향리 송백(宋伯) 등의 위패를 모셨다가 1736년(영조 12) 충렬사로 옮겨 함께 모셨다. 일제강점기에는 서원과 사우를 보수하지 못했으나 1976년부터 1978년까지 중수와 보수 공사를 했다. 충렬사에는 충렬사 본전과 의열각, 기념관, 정화기념비, 송상현공 명언비, 충렬탑 등의 유적이 있다. 지금도 해마다 5월 25일에 제사를 지내고 음력 2월과 8월 중정일(中丁日)에 충렬사 안락서원에서 제향을 올리고 있다.

○ **동래향교(東萊鄕校)**
- 지정번호 : 부산광역시 기념물 제61호
- 지 정 일 : 2013.05.08
- 소 재 지 : 부산광역시 동래구 명륜동 235
- 종류/분류 : 향교
- 특징 : 향교는 조선시대 국립지방교육기관으로 부(府), 목(牧), 군(郡), 현(縣) 에 각각 한 개씩 설치하였다. 1392년(태조 1)에 국가의 교육진흥책에 따라 유현(儒賢)의 위패를 봉안하고 배향하며, 지방민을 교육할 목적으로 시설을 세웠으나 임진왜란 때 동래성 함락과 함께 불이 타서 없어지게 된다. 1605년(선조 38) 동래부사 홍준(洪遵)이 다시 향교를 지었으며, 1705(숙종 31)년에 동래부 동쪽에 있던 관노산(官奴山) 밑으로 이전한 뒤 여러 차례 옮기면서 중건하였으나 1813년(순조 13) 동래부사 홍수만(洪秀晚)이 지금의 위치에 세우게 된다. 지금의 건물은 유교의 성현(聖賢)을 모신 대성전, 학문을 강의하는 명륜당, 교생들이 기거하는 동재(東齋), 서재(西齋)를 비롯하여 반화루, 동·서무, 내삼문, 외삼문 등이 있다. 대성전과 명륜당은 정면 5칸, 측면 2칸의 겹처마 맞배지붕으로 되어 있으며, 동·서재는 정면 3칸, 측면 1칸의 홑처마 맞배지붕이고, 반화루는 정면 3칸, 측면 2칸의 2층 문루(門樓)로 주심포양식의 겹처마 팔작지붕으로 되어 있다. 동·서무는 정면 3칸, 측면 1칸의 겹처마 맞배지붕이

며 내삼문은 정면 3칸, 측면 1칸의 홑처마 맞배지붕이고, 외삼문은 정면 3칸, 측면 2칸의 겹처마 맞배지붕으로 되어 있다. 지금도 대성전에서는 봄(음력 2월)과 가을(음력 8월) 초정일(初丁日)에 유림들이 향사를 지내고 있다.

○ 반송 삼절사
- 종 목 : 부산광역시 문화재자료 제1호
- 지정일 : 1986.05.29
- 소재지 : 부산 해운대구 반송동 143
- 유 래 : 양지·양조한·양통한 등 임진왜란 때 순절한 양씨 일가의 위패를 모시고 제사를 지내는 곳으로 임진왜란 당시 양지는 경기도 광주 군수로 성을 지키다가 순국하였고, 양조한은 동래성에서, 그의 아우인 양통한은 곽재우와 함께 화왕산에서 의병활동을 하다가 순절하였다. 약 400여 평의 대지에 위패를 모신 사당과 제사를 지내는 제실, 관리사 목조건물 3동이 지어져 있다. 이 건물들은 조선 헌종 5년(1839) 동래부사인 이명적이 세웠는데, 그 뒤 몇 차례 보수를 거친 후 오늘에 이르고 있다. 해마다 봄과 가을에 이들 삼공신의 넋을 위로하고 순국선열의 정신을 기리기 위해 그들의 후손, 지방 유림, 지역주민들이 모여서 전통의례에 따라 제사를 드리고 있다.

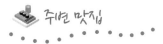
주변 맛집

○ 고목나무집
- 부산광역시 해운대구 석대동 461
- ☎ 051-522-2395
- 특징: 추어탕

○ **원조석대추어탕**

- 부산광역시 해운대구 석대동 498

- ☎ 051-523-2867

- 특징: 추어탕

에필로그

지금으로부터 7년여 전 우연한 기회에 필자는 부산 사하구 괴정에 있는 샘터 회화나무를 접할 기회가 있었다. 빛줄기에 온몸을 적시고 있는 웅장한 나무의 외관에 압도당했고 나무 곳곳에는 거친 세월을 이겨낸 무수한 세월의 흔적이 고스란히 담겨 있었으며, 가지가지마다 느껴지는 숨결에 형용할 수 없는 감정들이 몸속 세포 하나하나를 부드럽게 흔들었다.

여태까지 살면서 자연에 대해 경외감을 느낀 적은 있지만 그 순간만큼 강했던 적은 없었으며 뭔가 이러한 감정을 글로 남기고 싶다는 생각이 가득했다. 그러나 일상이라는 이름 아래 현실에 충실한 나날들은 그 감정을 잠시 잊게 하였다. 그러던 중 문화체육관광부와 한국관광공사의 '산·관·학 네트워크를 통한 지역관광 활성화' 사업에 부울경(부산·울산·경남) 공정관광 시범투어에 선정되었다. 부산역에서 출발하여 서부산권(감천문화마을 등)을 연계하는 '강나루 노을빛 여행'을 추진하였다.

이 시범투어를 진행하면서 휴머니즘(humanism)과 관광(tourism)이 조화롭게 구성된 '휴머투어리즘(humatourism)'의 창조적인 시각에 대한 접근의 필요성을 느꼈다. 그 프로젝트를 통해 잊었던 그 나무가 떠오르면서 당시 필자가 생각했던 것을 구체적으로 표현하기 위한 작업을 이제는 시작해야겠다는 생각을 하였다. 필자는 7편의 지서를 출판한 경험이 있지만 이번 작업처럼 가슴이 설렌 적은 없었다. 어떻게 하면 필자가 경험한 커다란 내면 속 울림을 타인들에게 전달할 수 있을까라는 끊임없는 물음에 답을 구하기 위해 시간이 허락될 때마다 부산 도처에 있는 천연기념물과 보호수와 같은 오래된 나무들을 찾아다녔다. 철조망에 갇혀 있거나 주소와 내비게이션 안내가 일치하지 않아서 주변을 맴돌았던 경우가 부지기수(不知其數)였다. 지금도 그 기억들이 전광석화처럼 뇌리를 스친다. 카메라 셔터를 연거푸 누르고, 일정이 끝나면 촬영한 사진에 대한 분류작업을 반복적으로 하였다. 혹자는 그런 작업을 왜 하고 있는지 도무지 이해되지 않는다는 표현을 우회적으로 하기도 했다.

바쁜 일상을 살아가는, 때로는 삶에 짓눌려 사는 현대인들이 안식할 수 있는 곳, 어쩌면 마르쿠스 아우렐리우스(Marcus Aurelius)의 명상록(Ta Eis Heauton)이 이 책에 실린 나무들일지도 모른다.

이 책의 발간을 준비하면서 부산에 있는 보호수 현황을 검색하고, 나무와 관련된 이야기와 신문기사를 정리하며 미비하지만 나무 한 그루 한 그루를 보면서 느낀 필자의 감성을 토대로 메시지를 전달하고자 하였다. 또한 독자들이 자연이 그리울 때 무작정 떠날 수 있도록 나무 주변의 맛집, 커피숍 등의 정보를 안내하여 나들이 코스를 소개하였다.

이 책에 싣기 위하여 직장 동료인 김종오 교수와 후배 이민규 대표(더라온, The Laon)가 부산에 있는 보호수 사진을 2017년에 함께 촬영하였으나 필자가 전달하고픈 나무를 앵글에 담을 수 없어서 2018년 최민수 대표의 도움으로 영혼이 느껴지는 사진을 재촬영할 수 있었다. 이분들에게 감사의 마음을 전하고 싶다.

오랫동안 호형호제(呼兄呼弟)하는 학과 교수님들로부터 이 책이 완성될 때까지 많은 조언과 격려를 받았다. 지면으로나마 깊이 감사드린다. 오타수정을 위해 도움을 준 사랑하는 아내 진숙희와 아들 찬일, 찬영에게도 감사의 마음을 전한다. 이 책의 완성도를 높이기 위하여 조언해 준 이연우 교수와 조아진 박사에게도 감사의 마음을 전하고 싶다. 또한 이 책을 출판할 수 있도록 도와주신 백산 출판사 진욱상 사장님을 비롯한 임직원 여러분의 노고에 깊은 감사를 드린다.

필자는 지난 7년 동안 나무의 감성스토리를 엮기 위하여 부산 도처에 있는 나무들을 다섯 차례 이상 찾았다. 이제 그 결실을 조심스럽게 세상에 내보이고자 한다. 일상이라는 이름에 갇혀 사는 현대인들이 가끔은 쉬어 갈 수 있도록 주변에 있는 나무들을 소개하고자 하였으며, 가족과 친구 또는 동료들과 함께 햇살 따뜻한 봄, 낙엽이 물들 때 이 나무들을 찾아 떠나는 여행은 삶을 살아가는 데 또 하나의 위로가 되지 않을까 생각한다.

2018년 11월

엄광산의 화려한 수채화를 보면서

저자소개

여호근(余好根)/hkyeo@deu.ac.kr

- 현) 동의대학교 호텔컨벤션경영학과 교수
  - 관세청 특허심사위원회 위원
  - 부산관광미래네트워크 인재양성위원회 위원장
  - 부산광역시축제육성위원회 위원
  - (사)한국MICE관광학회 MICE관광연구 편집위원장
- 동아대학교 관광경영학과에서 학부·석사·박사 취득
- 한국관광공사와 부산광역시가 지원(2012~14년)한 부울경 공정관광 시범투어를 총괄하여 감천문화마을(강나루 노을빛 여행)과 기장 대룡마을(갈매길 솔바람 여행)을 중심으로 42회, 용두산공원(초량왜관)을 연계하는 근대역사투어(원도심 니캉, 내캉 투어)를 6회 진행하였음
- 부산관광공사 사외이사 역임
- 한국관광학회 부회장 역임
- 한국관광레저학회 부회장 역임
- 대한민국 MICE관광 대상(개인학술), 문화체육관광부 장관상 수상 (2017.12)

- 저서로
  여호근 외 1인(2016), 『新 관광개발 이론과 실제』(백산출판사)
  여호근 외 12인(2015), 『창조관광산업론』(백산출판사)
  여호근 외 12인(2014), 『관광사업경영론』(백산출판사)
  여호근 외 12인(2012), 『글로벌 환대상품론』(백산출판사)
  여호근 외 1인(2006), 『환경관광의 이해』(백산출판사)
  여호근 외 2인(2004), 『해양관광의 이해』(백산출판사)
  여호근 외 1인(2003), 『컨벤션산업론』(도서출판 대명)
  관련 연구 논문 100여 편이 있다.

저자와의
합의하에
인지첩부
생략

함께 걸으면 들리는
부산나무의 감성스토리

2018년 11월 25일 초판 1쇄 인쇄
2018년 11월 30일 초판 1쇄 발행

지은이 여호근
펴낸이 진욱상
펴낸곳 (주)백산출판사
교 정 편집부
본문디자인 오정은
표지디자인 오정은

등 록 2017년 5월 29일 제406-2017-000058호
주 소 경기도 파주시 회동길 370(백산빌딩 3층)
전 화 02-914-1621(代)
팩 스 031-955-9911
이메일 edit@ibaeksan.kr
홈페이지 www.ibaeksan.kr

ISBN 979-11-88892-92-1 03810
값 15,000원

• 파본은 구입하신 서점에서 교환해 드립니다.
• 저작권법에 의해 보호를 받는 저작물이므로 무단전재와 복제를 금합니다.
  이를 위반시 5년 이하의 징역 또는 5천만원 이하의 벌금에 처하거나 이를 병과할 수 있습니다.